Luka Goldwasser
Da geht noch Meer

Luka Goldwasser wurde 1979 in Großburgwedel bei Hannover geboren. Als Kind ist er 3x durch die Seepferdchen-Prüfung gefallen, dafür nur 2x durch den Führerschein. Irgendwie hat er es trotzdem durchs Leben geschafft. Jetzt wohnt und arbeitet er in Frankfurt am Main – und hat schon seinen nächsten Griechenland-Urlaub gebucht.

Luka Goldwasser

Da geht noch Meer

Roman

PIPER

Mehr über unsere Autorinnen, Autoren und Bücher:
www.piper.de

Wenn Ihnen dieser Roman gefallen hat, schreiben Sie uns unter Nennung des Titels »Da geht noch Meer« an empfehlungen@piper.de, und wir empfehlen Ihnen gerne vergleichbare Bücher.

Unser Versprechen für mehr Nachhaltigkeit
• Klimaneutrales Produkt
• FSC®-zertifiziertes Papier
• Hergestellt in Europa

FSC
www.fsc.org
MIX
Papier | Fördert gute Waldnutzung
FSC® C083411

ISBN 978-3-492-50517-8

Redaktion: Birgit Förster
Dieses Werk wurde vermittelt durch die Autoren- und Projektagentur Gerd F. Rumler.
Satz auf Grundlage eines CSS-Layouts von digital publishing competence (München) mit abavo vlow (Buchloe)
Covergestaltung: FAVORITBUERO, München
Covermotiv: Bilder unter Lizenzierung von Shutterstock.com genutzt
Printed in the EU

ERSTER TEIL

Kapitel 1

Heute ist Leas Glückstag. Das hat sie offiziell beschlossen und auch so beim Universum bestellt. Und bislang läuft auch alles wie am Schnürchen. Sie sitzt in ihrem gelben Sommerkleid auf dem Fahrrad und fühlt sich leicht und verführerisch – wie eine Premium-Praline. Heute passt einfach alles: Sommerwetter, Selbstbewusstsein, Verliebtheitsgrad, sogar die Frisur. Das ist der optimale Zustand, um mit Freund Torsten endlich einen Schritt weiterzugehen. Es zu wagen, das Leben neu herauszufordern. Sie radelt an Feldern und Wiesen vorbei, während ihr die Sonne auf der Nase kitzelt und zuckerwattige Wölkchen am blauen Himmel dahinziehen. Fünf-Sterne-Stimmung de luxe.

Auf dem Hof der Autowerkstatt angekommen, springt Lea vom Rad und hievt die schwere Picknicktasche aus dem Fahrradkorb. Sie kann sich gerade noch verkneifen, albern vor sich hin zu pfeifen, wie in einem Werbespot für Weichspüler. Dazu passt auch, dass sich Lea kurz vorm Eisprung befindet. Optimale Voraussetzungen also, um bei Torsten auch das Thema Nachwuchs noch mal anzusprechen und es bestenfalls gleich in der Werkstatt praktisch umzusetzen. Dabei ist es eigentlich das größte Mutterparadox überhaupt: Der Wunsch nach einem zweiten Kind steht bei Lea fest, obwohl die Geburt ihrer Tochter Juli vor sechs Jahren ein nahezu traumatisches Erlebnis war. Dass Lea anschließend jahrelang von

Schlafmangel gepeinigt wurde und der Moment, drei Minuten ungestört auf dem Klo zu sitzen, die einzige Endorphin-Ausschüttung des Tages war, hat sie fleißig verdrängt. Alle Strapazen sind in einem rosaroten Fluffi-Nebel verschwunden, seitdem ihr eine Naturgewalt neuerdings jeden Morgen in die Hirnschale brüllt: Ich will ein Kind!!! Seit einem halben Jahr geht das so. Bing – neuer Tag: Ich will ein Kind! Bing – neuer Tag: Ich will ein Kind! In der Tat will Lea noch mal wissen, wie es ist, schwanger zu sein. Gleich morgens aufstehen, sich übergeben müssen – und zwar nicht, weil man aus Versehen RTL2 eingeschaltet hat, sondern weil ein lang ersehntes Baby ins Haus steht. Jetzt ist die richtige Zeit dafür! Dass Leas Lebensgefährte Torsten nicht der Vater ihrer Tochter Juli ist und so folglich bei einem weiteren Kind die volle Patchwork-Show beginnt, nimmt sie gelassen in Kauf. Ein bisschen Familienwahnsinn hat noch niemandem geschadet, oder? Mit achtunddreißig Jahren wird's bei Lea auch langsam Zeit, denn ihre Eizellen sind nicht mehr taufrisch. Torstens Spermien dürften sich ebenfalls kurz vorm Koma befinden, immerhin hat er sechsundvierzig Jahre auf dem Tacho. Entgegen aller Omnipotenz-Annahmen hinterlässt das Alter nämlich auch beim Mann Spuren an der Karosserie. Und wenn ihn schon keine Impotenz im Alter zur Strecke bringt, dann droht dennoch die Gefahr der Hammel-Verranzung: dieser unschöne Zustand zwischen Verwahrlosung, körperlichem Verfall und Scheißegaligkeit. Deshalb gilt es, keine Zeit mehr zu verlieren, um den Stier bei den Hörnern zu packen. Und der Stier heißt Torsten, mit dem sie heute auf den Tag genau drei Jahre zusammen ist. Er wird den Jahrestag mit Sicherheit wieder verschwitzt haben. Wie gut, dass Lea solche Daten fest im Griff hat. Genauso wie die Geburtstage von Familie,

Freunden und Bekannten, ihre aktuelle Haarfarbe (kastanienbraun mit Sommerglanz Pro Shine), die exakte Körpergröße (ein Meter zweiundsiebzig), ihren aktuellen Handytarif (Allnet-Flat Turbo Powerflex Premium Giga XXL) und die Anzahl der Stempel in ihrem Vorsorge-Bonusheftchen (zwölf).

Torstens Liegefahrrad steht im Werkstatthof. Prima, das heißt nämlich, dass er noch da ist und sich nicht frühzeitig in den Feierabend verabschiedet hat. Aufregung steigt in Lea auf. Sie schleicht mit dem Picknickkorb im Arm zum Eingang der Werkstatt und kann sich ein Schmunzeln nicht verkneifen. Torsten wird Augen machen, wenn sie ihn zum Jahrestag überrascht. Nach einer liebevollen Umarmung und zärtlichen Küssen werden sie übereinander herfallen und wie zwei Frischverliebte das Picknick zur schönen Nebensache werden lassen. Und dann, Arm in Arm, den weiteren Zukunftsplan besprechen. Sie lächelt. Lea setzt ihre Finger an die Werkstatttür, öffnet sie einen Spalt, formt ihre Lippen zu einem »Ü« für Überraschung ... als ihr vor Schreck die Gesichtszüge entgleisen. Was bitte schön ist das?! Vor ihren Augen ereignet sich die Darstellung eines minderwertigen Erotikfilms. Nur ohne Regisseurin und Kameramann, dafür mit Torsten als Hauptdarsteller ... und einer struppigen Blondine auf einem tiefergelegten Golf GTI. Tja, die Realität ist manchmal leider ziemlich primitiv. Die Jeans, die Lea ihm erst neulich zum Geburtstag geschenkt hat, klemmt Torsten zwischen den Kniekehlen. Und die Cowboystiefel der Frau sind exakt diejenigen, deren Kauf auch Lea schon mehrfach erwogen hat. Doch nicht nur die Cowboystiefel kommen ihr irgendwie bekannt vor ... Lea verschlägt es komplett die Sprache. Ihr Gesicht gleicht einer schockgefrosteten Dorade aus der Tiefkühltheke. Eben noch ist sie auf Wolke sieben herumspaziert und hätte in jedem Rosamunde-Pilcher-Film die Hauptrolle ergattert, doch keine fünf Minuten später zeigt ihr das Leben schon wieder die Arschkarte. Zudem kommt sie sich mit dem Picknickkorb in der Hand genauso lächerlich vor wie Rotkäppchen, das die Großmutter mit dem bösen Wolf beim Sex erwischt hat. Auch Leas Mageninhalt macht sich bemerkbar und stattet ihrer Speiseröhre ruckartige Besuche ab. Sie schafft es gerade noch, die Tür wieder unbemerkt zu schließen, ehe sie draußen ein paar Schritte entfernt im hohen Gras zusammensackt. In der Werkstatt stöhnt und quiekt es. Das nennt man wohl: Vögelgezwitscher.

Lea schießen die Tränen in die Augen, ihre Unterlippe bebt. Dummerweise startet in ihrem Kopf immer genau dann ein lustiges Fragen-Karussell, wenn sie gerade keinen klaren Gedanken fassen kann: Was hat sie falsch gemacht? Hat sie irgendwelche Zeichen übersehen? War einmal die Woche Sex zu wenig? Zu viel? Zu langweilig? Und warum vögelt er mit dieser Frau, die nicht mal besser aussieht als sie selbst?

Sie sitzt draußen vor der Werkstatt mit dem Rücken an die Wand gelehnt und ist völlig k. o. Immerhin hat sie ihren Würgereiz wieder unter Kontrolle, obwohl es hinter ihr immer noch hörbar zum Äußersten kommt. Merkwürdigerweise erinnert sie der Sound an die Schildkröte, die sie als Kind besaß. Das Reptil hatte sich gerne lautstark und ausdauernd sexuell an ihren löchrigen Gummipantoffeln vergnügt und dabei genauso gequiekt wie das Paar hinter ihr in der Werkstatt.

Sie löst ihren starren Blick, schaut zu den Wolken, und ihr wird schlagartig klar, dass die ganze Geschichte mit Torsten eine Katastrophe mit Ansage war. Von seinem anfänglichen Charme und seiner Liebenswürdigkeit ist jedenfalls wenig übrig geblieben. Klar, er sieht blendend aus, im Bett geht die Post ab, und er schmeißt freiwillig den Haushalt. Aber ist das wirklich ausreichend? Sie fragt sich, wie sie die ganze Zeit so dermaßen an der Realität vorbeischielen konnte, anstatt zu erkennen, was für ein Typ Torsten wirklich ist. Hatte der Kinderwunsch einfach das Steuer übernommen und sie nur noch mit Tunnelblick durchs Leben rennen lassen? Oder waren es irgendwelche Hormone, die das Stammhirn gekapert und ihr immer wieder das gleiche irrationale Familienbild vor die Augen geschoben haben? Sie weiß es nicht, aber eins steht fest: Mit der Aktion hinter ihrem Rücken erweist sich Torsten nun durch und durch als Griff ins Klo ... und zwar bis zur Abzweigung Klärwerk Ost. Bitte spülen!

Lea blättert in ihrem inneren Terminkalender und sucht nach Situationen, in denen Torsten zuletzt ungewöhnlich spät nach Hause kam oder sein Verhalten entweder übertrieben abweisend oder auffällig zugewandt war. An Abende, wo er angeblich in der Werkstatt über der Steuererklärung brütete oder vermeintliche Akquise-Gespräche führte. Sie muss leider feststellen: Es gab jede Menge Indizien ... und sie hat alle übersehen. Zudem könnte sie sich ohrfeigen, noch im letzten Monat zweitausend Euro als Nothilfe in seine Werkstatt gebuttert zu haben, damit der Laden nicht gleich vor die Hunde geht. Zwar war die Auftragslage von Anfang an mies, weil die besten Zeiten für Auto-Tuning angesichts von Klimawandel, Konsumverzicht und Mobilitätswende nun mal vorbei sind. Doch Torstens wirtschaftliche Schräglage sorgte immerhin dafür, dass er sich um ein zweites Standbein bemühte, mit dem er nun »fett Cash« machen wollte: als Motivationstrainer. Dazu hat er sich

Bücher in bedrohlichem Umfang bestellt, einen Wochenendkurs der örtlichen Volkshochschule besucht und einen sündhaft teuren Workshop bei einem Motivationsguru absolviert. Mit dem »fett Cash« hat es bis heute nicht geklappt, aber durch die Kurse hat er zumindest seine Bestimmung gefunden, seinen »Purpose«, wie er das nennt: »Ich bin meine eigene Tankstelle und kann andere Menschen inspirieren, zu wachsen und zu lernen.« Aha. Der Zugang zu Psychozeug oder esoterisch aufgeladenen Themen fehlt Lea komplett. Das fängt bei Homöopathie an und hört bei den Sinnsprüchen am Teebeutel auf. Ihr war nur wichtig, dass Torsten ein Projekt hatte, an das er mit voller Überzeugung glaubt und bei dem er etwas hinzuverdienen konnte. Sie hatte nämlich keine Lust, seine Werkstatt dauerhaft zu subventionieren, denn so lukrativ war ihr Job in der Versicherung nun auch wieder nicht. Es reicht ja schon, dass Torsten zu Lea in die Wohnung gezogen ist, ohne bis dato auch nur einen Cent Miete zu zahlen. Zugegeben, daran ist Lea selbst schuld, weil sie es nicht übers Herz brachte, ihrem finanzasthmatischen Partner auch noch Geld fürs Wohnen abzuknöpfen. Völlig bescheuert, sagen ihre Freunde. Er solle Miete zahlen oder sich um eine eigene Bude kümmern, war der vielfache Rat. Immerhin hält er im Kontrast zu seiner Werkstatt die Wohnung picobello sauber, wahrlich eine Sisyphusarbeit mit einem chaotischen Kind im Haushalt. Doch Torstens Wunsch nach Ordnung, Sauberkeit und Ruhe kollidiert leider komplett mit Julis ungestümem Temperament. Er ist auf die Kleine daher überhaupt nicht gut zu sprechen, Juli wiederum kann mit Torsten nichts anfangen, weil sie den ganzen Tag von ihm gemaßregelt wird – und als Highlight zum Mittag so leckere Sachen wie Eiweißpulver, Aminosäuretabletten und fünf rohe Eier vorgesetzt bekommt. Streng genommen wohnt Lea also mit zwei Kindern unter einem Dach. Eins misst ein Meter sechzehn, das andere ein Meter neunzig. Beide wollen trotz ihrer heftigen Schrullen bedingungslos geliebt werden, sind chronisch pleite, streitlustig und nicht imstande, ihr Leben allein auf die Kette zu kriegen. Der kleine, aber feine Unterschied: Ihre Tochter Juli ist sechs und Torsten sechsundvierzig.

Lea wischt sich die Tränen mit dem Handrücken ab, holt tief Luft und ringt um Fassung. Der ganze Brustkorb ist ihr eng, alles klemmt. Von ihrer Hebamme weiß sie, wie man Wehen veratmet. Das dürfte in Schocksituationen wie diesen ebenfalls hilfreich sein. So atmet sie tief in den Bauch ein und durch den Mund wieder aus, bis sich ihr Körper tatsächlich allmählich beruhigt. Nur ihr Herz, das bleibt weiterhin zur Faust geballt. Zudem schaltet sich jetzt der Selbsterhaltungstrieb ein, und der ist in bester Leck-mich-am-Arsch-Stimmung. Optimale Kombi, um hier mal richtig aufzuräumen. Sie wird nicht als Häufchen Elend enden. Sie nicht!

So rappelt sich Lea auf die Füße, zupft ihr Kleid zurecht und reißt ohne großes Nachdenken die Werkstatttür auf.

»Sorry, störe ich?«, fragt sie resolut und betritt den Raum wie eine Tatort-Kommissarin. Sie blickt in zwei völlig entsetzte Gesichter. Die dämlichen Mienen erinnern Lea erneut an ihre frivole Schildkröte am Gummipantoffel.

»Ey ... was ’n das?«, ruft Torsten und sortiert sein Fortpflanzungsorgan hektisch zurück in die Hose.

»Coitus interruptus, meine Lieben!«, donnert Lea und klingt dabei wie eine Mischung aus Domina und überenthusiastischer Sexualkundelehrerin.

Rascheln, Ruckeln, Rumpeln. »Ähm, ich glaub, ich geh dann mal besser«, sagt die Frau, die außer Quieken und Stöhnen offenbar auch Sprechlaute von sich geben kann. Mit großer Gelassenheit sucht sie ihre Klamotten auf dem Boden zusammen, schlüpft in ihre knallengen Hotpants und stülpt sich ein weites Herrenhemd über den Körper. Obwohl Lea sie mit Argusaugen verfolgt, lässt sich die Frau nicht aus der Ruhe bringen. Ohne jede Scham stelzt sie an Torsten vorbei und streift ihm noch mal über die nackte Brust, ehe sie mit einem lasziven Winken verschwindet.

Lea könnte platzen vor Wut. »Da hast du dir aber ein ganz süßes Mäuschen ausgesucht! Willst du jetzt erst mal eine rauchen?«, fragt sie angriffslustig.

»Sehr witzig. Ich bin Nichtraucher, das weißt du genau. Was zum Teufel machst du hier?«

»Du, das Gleiche wollte ich dich auch grad fragen.« Sie kämpft den heftigen Impuls nieder, wie ein cholerisches Rumpelstilzchen einfach die komplette Werkstatt auseinanderzunehmen. Cool bleiben, diktiert sie sich, komme, was wolle. Torsten hält Ausschau nach seinem T-Shirt, fährt sich verlegen durchs Haar und akzeptiert schließlich einfach, oberkörperfrei dazustehen. Unter anderen Umständen wäre das für Lea auch ein durchaus erfreulicher Anblick.

»Ich höre!«, sagt sie auffordernd und guckt ihm fest in die Augen.

»Was hörst du?«

»Ich will wissen, was das gerade war!«

»Ich habe mir ...«, Torsten zögert, »... beim Imbiss eine Currywurst geholt und dann ...«

»Ach, das war die Tante von dieser versifften Imbissbude? Ich wusste doch, dass ich die schon mal gesehen habe!«

»Baby, bitte chill mal. In diesem Aggro-Ton können wir unmöglich weiter miteinander kommunizieren.«

»Nenn mich nicht Baby!«

»Schhhhhhhhhhhhh.« Er macht beschwörende Laute, als müsse er einen Raptor im Jurassic Park beruhigen. »Die Lady und ich haben uns einfach nur gut verstanden, und da ist es irgendwie passiert.«

»Irgendwie passiert?«

»Es war ein Energy-Austausch, nichts weiter. Ein Zusammenführen von starken Energieströmen. Das ist die spirituelle Kombi aus chillaxation und sexpositive vibes, wenn du verstehst, was ich meine …«

»Nein, ich verstehe nicht, was du meinst. Warum sagst du nicht einfach: Ich bin fremdgegangen. Punkt.«

»Baby, darf ich dir kurz …?«

»Wenn du mich noch einmal Baby nennst, haben deine Karren hier gleich metertiefe Schlüsselkratzer im Lack!«

»Meine Güte, jetzt dreh mal deine Aggros runter«, sagt Torsten und streicht sich über den Oberarm. »Das hat doch alles null Komma null mit uns zu tun. Das war einfach nur Sex! Das war Trieb, Hitze, Geilheit. Da waren zwei Körper, die Lust aufeinander hatten, mehr nicht. Keine mentale Connection, so wie bei uns.«

Lea fehlen die Worte. Sie senkt den Blick und schüttelt fassungslos den Kopf.

»Warum bist du überhaupt hier?«, fragt Torsten auf einmal und deutet auf den Picknickkorb vor der Tür. »Waren wir etwa verabredet?«

Sie kämpft eine plötzlich anschwellende Tränenflut nieder. »Nein, wir waren nicht verabredet. Ich wollte dich überraschen, weil heute unser …«, sie schluckt, »ach, vergiss es.« Lea presst die Lippen aufeinander, um bloß nicht loszuheulen. »Und? Wie lange betrügst du mich jetzt schon mit ... der Imbiss-Angestellten?«, fragt sie.

»Was heißt denn betrügen? Ich betrüge dich nicht, ich hatte Sex mit ein paar Ladys. Aber mental und hier oben ...«, er klopft sich ans Oberstübchen, »... bist nur du!«

»Was höre ich da? Ladys? Plural?« Lea schäumt vor Wut. »Mit wie vielen Frauen hattest du denn Sex, seitdem wir zusammen sind?«

Torsten zuckt gelassen mit den Schultern. »Keine Ahnung, vielleicht zehn oder zwölf, so genau weiß ich das nicht, und es spielt doch auch überhaupt keine Rolle.«

»Natürlich spielt das eine Rolle. Du hast unsere Regeln verletzt!«, brüllt Lea.

»Welche Regeln? Ich kenne keine! Und wenn es welche gäbe, dann hätten wir über diese vielleicht mal sprechen sollen.«

»Torsten, ich rede hier von einfachsten Beziehungsgrundlagen: Nicht belügen, betrügen oder fremdgehen, treu und ehrlich sein. Ganz einfach. Das verstehen sogar Schimpansen!«

»Moment mal, woher soll ich denn wissen, welche Rules in deinem Kopf abgehen? Für mich gibt es keine Denkverbote, keine körperlichen Schranken. Wenn man Bock hat, seine Energy mit anderen zu teilen, soll man das machen. Für mich ist es doch auch völlig okay, wenn du dir deinen Fun mal bei anderen Kerlen abholst. Mein Motto kennst du ja: *Don't worry, be happy.«*

Und wieder startet Leas Fragen-Karussell. Einsteigen bittööö! Eine neue Runde! Nächste Fahrt rück-rück-rückwärts!, brüllt es aus ihrer inneren Kommentatoren-Kanzel. Hätte sie mit Torsten in der Tat mal über ihren offenbar total spießigen Wunsch sprechen müssen, monogam zu leben? Denn untreu kann man ja nur werden, wenn man Treue vereinbart hat. Sie aber haben nie darüber gesprochen, geschweige denn über Regeln, was in ihrer Beziehung erlaubt ist und was nicht.

Leas kurze Gedankenpause nutzt Torsten instinktsicher, um sich breitbeinig aufzustellen und in bester Motivationstrainer-Manier loszulegen: »Frag dich selbst, Lea, wer willst du sein? Willst du jeden Tag in deiner Versicherung arbeiten, irgendwelche Schadensfälle beackern und am Ende des Jahres ein Schulterklopfen vom Chef bekommen? Ist das dein Leben? Oder willst du die Lea sein, die frei atmet, die entspannt ist, die ihren sexpositiven Spirit lebt? Du kannst alles sein. Du entscheidest jeden Morgen, wer du bist!«

Und dann gibt es in Leas Kopf diesen kurzen Moment, in dem alles möglich ist, in dem alles kippen kann, völlig offen, in welche Richtung. Sie könnte einlenken, zurückrudern, noch mal über alles nachdenken und wer weiß, irgendwie einen neuen Umgang mit Torsten finden. Sie könnte die Chance umarmen, ein neues Leben spinnen, alles nicht mehr so verbissen sehen, keine ausgetrampelten Lebenspfade ablaufen, sondern mit einer Spur Größenwahn und Ichgeilheit das Leben neu auskosten. Heiße Affären durchleben und Torsten dennoch an ihrer Seite wissen. Warum nicht? Aber dann kommt ihr plötzlich Juli in den Sinn, ihre Tochter. Lea wird sofort klar, dass sie diesen hochfliegenden Selbstverwirklichungsschwachsinn überhaupt nicht braucht – und auch gar nicht will. Sie muss sich nicht finden, weil sie längst weiß, wer sie ist. Sie wird niemals die lebensleichte Abenteurerin sein, die nur mit einer Zahnbürste im Rucksack durch die Welt reist. Sie braucht keine wechselnden Partner, um sich auszuleben, keine Psychotipps, um sich selbst zu erkennen. Sie ist nun mal der Typ für Stiftung-Warentest-Abos, Vorsorgeuntersuchungen, Mieterschutzbund und Zahnzusatzversicherung. Na und? Wenn sie damit aus Torstens Sicht eine piefige Versicherungs-Schnepfe aus der No-Fun-Fraktion ist, dann ist das eben so. Sie wird sich trotzdem kein Stück ändern.

»Hey, bist du noch da? Hast du mir überhaupt zugehört?«, fragt Torsten und bringt Leas Gedankenpalast zum Einstürzen.

»Also, ein paar deiner Punkte geben mir wirklich zu denken«, sagt sie.

Er nickt. »Ja, das spüre ich. Da waren wichtige Impulse für dich dabei, stimmt's, Baby?«

Stille. Ein Moment wie beim Computer, wenn sich das Rad dreht und man nicht genau weiß, ob die Kiste gleich abstürzt. Hat er gerade wirklich wieder Baby gesagt? Leas Impulskontrolle klemmt ... und das ist ausnahmsweise mal gut so!

»Ja, Torsten. Ich danke dir sehr für diese wertvollen Erkenntnisse«, sagt Lea seelenruhig und greift in ihre kleine Umhängetasche. »Deine Worte sind so weise«, sie kramt, es raschelt und klimpert, »ich kann wirklich noch so viel von dir lernen.« Sie holt ihren Wohnungsschlüssel hervor. »Du bist wirklich so viel klüger und erfahrener ...«, sie setzt den Schlüssel auf den Lack des GTI, »als ich dummes, dummes, dummes Baby!« Bei dem Wort Baby ritzt sie mit einem furchtbaren Kratzgeräusch eine tiefe Kerbe in die Kühlerhaube. Torsten zappelt mit Armen und Beinen, als würde er auf einer heißen Herdplatte stehen.

»Bist du kaputt im Kopf oder was?«, schreit er, rennt fuchsteufelswild zum verschrammten Wagen und fährt mit dem Zeigefinger die Narbe im Lack nach. »Das ist ein Sammlerstück! Der Kunde reißt mir den Kopf ab, wenn er den Schaden sieht!«

Lea pustet wie bei einem abgeschossenen Revolver einmal über den Schlüssel, ehe sie ihn wieder in der Umhängetasche verstaut. »Baby, bitte chill mal, ja?!«, äfft sie seine Worte nach. »In diesem Aggro-Ton können wir unmöglich miteinander kommunizieren. Das war nur ein Zusammenführen von starken Energieströmen, wenn du verstehst, was ich meine.«

»Alter, wie krank bist du bitte!«, schnaubt Torsten, und für einen kurzen Moment hat Lea Schiss, dass er komplett ausrastet und die Kontrolle verliert. Jetzt heißt es: souverän bleiben. Sie wirft ihr Haar in den Nacken, stützt sich lässig auf den Werkzeugwagen und beobachtet Torsten dabei, wie er am Auto versucht zu retten, was nicht mehr zu retten ist. Natürlich ist Lea bewusst, dass sie gerade um Längen selbstbewusster auftritt, als sie sich eigentlich fühlt.

»Keine Sorge! Du wirst in Zukunft ganz viel Zeit für deine Autos haben!«, sagt Lea in einem Tonfall, als rede sie mit einem halbwüchsigen Kind.

»Was quatschst du da?«

»Dass für dich in meinem Leben kein Platz mehr ist!«

Torsten schluckt, und Lea ist von sich selbst überrascht. Hat sie diese Worte gerade nur im Affekt rausgehauen, oder ist das wirklich ihr Ernst? Sie steuert jedenfalls schnurstracks auf das große Finale zu.

»Was soll das heißen?«, fragt Torsten und kräuselt die Stirn.

»Das soll heißen …«, sie zögert, aber zurück kann sie nicht mehr. »Es ist aus!«

»Wie aus?«

»Schluss, aus, Ende!«

Torsten ist kurz sprachlos. »Du machst Schluss? Echt jetzt? Lass uns doch bitte vorher noch mal vernünftig über alles reden!«

»Ich habe dir schon viel zu lange zugehört. Ich bin es leid. Und ob du es glaubst oder nicht, auch ich habe Prinzipien. Und die sagen: Tschüss, das war's! Ein für alle Mal.«

Mit diesen Worten macht Lea zügig auf dem Absatz kehrt, bevor ihr überschäumendes Selbstbewusstsein in sich zusammenfällt wie ein Soufflé. Ohne sich noch mal umzudrehen, schnappt sie sich den Picknickkorb, schwingt sich aufs Fahrrad und tritt in die Pedale. Das war's dann wohl mit ihrem Glückstag. Laune, Frisur und Premium-Pralinen-Feeling … alles restlos im Eimer.

Kapitel 2

Eigentlich ist das Ende einer Beziehung in nur zwei Varianten denkbar: als schleichender Tod oder als unerwarteter K.-o.-Schlag. Wobei der schleichende Tod die eindeutig fiesere von beiden ist. Denn hier verabschieden sich zuerst die Zärtlichkeiten bis hin zur totalen Indifferenz: Was der andere macht oder nicht macht, ob jemand zu Hause ist oder nicht, ob jemand gar das Bett mit einem anderen teilt ... alles vollkommen wurscht. Die Beziehung vegetiert nur so dahin, das Zusammenleben kann man bestenfalls noch als WG beschreiben. Trotzdem folgt keine Konsequenz. Es geht immer mehr Zeit ins Land, bis spät, sehr spät, die Erkenntnis reift, dass das Gegenteil von Liebe nicht etwa Hass ist, sondern Gleichgültigkeit. Und dass es nichts Schlimmeres gibt als die Einsamkeit zu zweit. Gefangen in einem Hamsterrad aus Alltagsroutinen, in denen das Rad vielleicht noch läuft, aber der Hamster schon längst tot ist. Dann, in einem völlig belanglosen Moment, beim Wäscheaufhängen oder in der Werbepause von *Let's dance*, wird die Beziehung mit wenigen Worten beendet. Auslöser können dabei die unerträglichen Ess- und Kaugeräusche des Partners sein oder einfach nur die Art, wie er atmet. Die Trennungsmitteilung wird ähnlich emotional vollzogen wie das Ausfüllen einer Schadensmeldung bei der Kfz-Versicherung. Zurück bleibt nur die zermürbende Frage, warum man das mit der Trennung nicht schon viel früher durchgezogen hat.

Dann doch lieber der K.-o.-Schlag. Hier wird von einer Sekunde auf die andere die ganze Beziehung in die Luft gesprengt. Es fliegen ein paar Worte durch den Raum – wahlweise auch Einrichtungsgegenstände –, das war's. Ohne Paartherapie, ohne quälende Diskussionen oder zum Scheitern verurteilte Rettungsversuche wie gemeinsames Spazierengehen, gemeinsame Mahlzeiten oder irgendwas mit Swingerclubs. Ende. Aus. Danke. So schnell kann es gehen. Lea hatte gerade eindeutig den K.-o.-Schlag, aber besonders viel Trost verschafft ihr das nicht.

Völlig verheult stapft sie mit dem Picknickkorb durchs Treppenhaus, um ganz oben im dritten Stock die Wohnungstür aufzuschließen. Atmung, Herz und Hände beben. Sie wirft den Schlüssel auf die Kommode und guckt bei ihrer Tochter Juli ins Kinderzimmer. Keiner da, nur das übliche Chaos aus Legotürmen und Dutzenden von Spielfiguren. Beim Anblick von Julis monströser Kuschelbanane bekommt Lea eine regelrechte Heulattacke. Sie lässt sich auf den Spielteppich sinken, schnappt sich die Banane und flennt ungehemmt drauflos. Die nächste Stunde in ihrem Leben besteht eigentlich nur aus dem Kreislauf Heulen, Wimmern und Seufzen. Unterbrochen durch einige Wutanfälle, die sie an der glubschäugigen Kuschelbanane auslässt. Das Plüschobst gehört eigentlich zum exklusiven Kreis von Julis Lieblingen und wird normalerweise überall mit hingeschleppt. Diesmal ist es wohl aus Versehen vergessen worden. Von den Angriffen auf Glubschi – so der Name des Bananen-Ungetüms – darf Juli auf keinen Fall etwas erfahren. Die Kleine würde sich selbst auf der Stelle zur Adoption freigeben, wenn sie wüsste, dass ihre Mutter Kuscheltiere mit Faustschlägen traktiert. Ach, wenn Juli doch nur hier wäre! Sie könnte Leas Stimmung sofort heben. Dazu ist Julis Denken im klaren Gut-Böse-Schema immer enorm hilfreich, denn in ihrer Kinderwelt ist Lea immer die Gute! Eine wohltuende Parteilichkeit, die sie als Mutter sehr zu schätzen weiß, weil das Leben sonst immer irgendeine Art von Differenzierung verlangt. Wie schön, zumindest bei einem Menschen die unangefochtene Nummer eins zu sein, selbst wenn sie sich diesen ersten Platz mit Julis Vater Paul teilen muss. Lea und Paul sind zwar kein Paar mehr, sie verstehen sich aber immer noch bestens. Denn allen Unkenrufen zum Trotz: Bei ihnen funktioniert das Wechselmodell prima, wie überhaupt die ganze Sache mit dem geteilten Sorgerecht. Eine Woche ist Juli bei Lea, in der Folgewoche wohnt sie bei ihrem Vater Paul – so wie jetzt gerade. Das Schöne ist, dass Paul in derselben Stadt wohnt, zwar komplett am anderen Ende, aber das lässt sich logistisch problemlos arrangieren. Auch Juli kommt mit der Situation erstaunlich gut zurecht. Sie genießt es sogar, zwei Kinderzimmer zu haben, eins bei Lea, eins bei Paul. Nur das Hin-und-her-Wechseln jede Woche, das ständige Packen und Vergessen von irgendwelchen lebenswichtigen Gegenständen wie Kuschelbanane, Malbuch oder Lieblingshörspiel nervt alle drei. Weil trotzdem alles so gut läuft, haben Lea und Paul keinen triftigen Grund gesehen, sich scheiden zu lassen, auch Juli zuliebe. Auf dem Papier sind Lea und Paul also immer noch zusammen – und verheiratet. Sehr zum Gefallen ihres Bankkontos und der Steuerklasse, sehr zum Missfallen von Torsten. Aber der ist ja seit heute sowieso Geschichte. Man kann es nicht anders sagen: Paul ist einfach der perfekte Vater und der perfekte Ehemann! Lea liebt ihn noch immer, auf eine ganz bestimmte Weise. Wenn es da nur nicht dieses eine kleine Problemchen gäbe …

Nachdem sie ihre Heulattacke überwunden hat, rafft sich Lea auf die Beine und wirft einen Blick in den Flurspiegel. Sie sieht ein Ich, das komplett ausgedient hat. Eins, das wahlweise nach Krankenhaus, Klapsmühle oder Knast aussieht – oder nach der perfekten One-Woman-Party! Sie kickt den Picknickkorb ins Wohnzimmer und stellt zufrieden fest, jetzt alles parat zu haben, um sich richtig edel zugrunde zu richten. Als Erstes köpft sie die Flasche Champagner, holt vier Gläser aus dem Wohnzimmerschrank und gießt alle randvoll. Aus dem Liebespicknick für zwei wird kurzerhand ein Alleinbesäufnis. Das erste Glas stürzt Lea in einem Zug hinunter, auch das zweite kippt sie ohne Absetzen nach und fühlt sich dabei irgendwie an *Dinner for One* erinnert. Nach dem dritten Glas – Skål, Miss Sophie – hat auch ihr Geist verstanden, dass er die Schärfen der Wahrnehmung einzutrüben hat. Nach dem vierten Glas – Schkollll, Mr Pommerrroooy – wird Leas Gleichgewicht und das Sprachzentrum merklich bewölkt. Herrlich! Das ist der perfekte Pegel. Lea nimmt sich eine Handvoll Erdbeeren, setzt sich auf den Esstisch und hört in sich hinein. Eigentlich müsste langsam das nagende Gefühl des Bereuens in ihr aufsteigen. Denn immer wenn das Leben ihr Spontaneität abverlangt, stellen sich bei ihr im Nachhinein Zweifel ein. Hat sie überstürzt gehandelt? Hätte man die Entscheidung nicht besser abwägen müssen? Sind die Gäule mit ihr durchgegangen? Aber komisch, in diesem Fall klopft ihr das Selbstbewusstsein immer noch auf die Schultern. »Alles richtig gemacht«, sagt es. »Was willst du mit einem Typen, der fünfmal die Woche im Fitnessstudio und einmal die Woche auf dir schwitzt? Sei froh, dass du mit dem kein Kind gezeugt hast. Denk dran: Bei dem Richtigen kannst du nichts falsch machen und bei dem Falschen nichts richtig!«, sagt das Selbstbewusstsein selbstbewusst und verschwindet wieder in seinen kuscheligen Hirnstamm.

Lea reißt die Packung mit den Kartoffelchips auf und stopft sich wie ein Labrador ohne Fressbremse faustweise die salzige Aufbaunahrung in den Mund. Sie liebt Essig-Chips, der Mund muss richtig brennen. Wer sich nach diesen Chips noch ins Auge fassen kann, hat keine gegessen. Danach ist die Käseplatte dran. Sie packt das Riesenstück Trüffelgouda aus, hält es mit beiden Händen wie eine Hammelkeule und beißt energisch davon ab. Während sie trotzig kaut und mit Genugtuung feststellt, welche Köstlichkeiten Torsten gerade verpasst, fällt ihr Blick auf seine Hantelbank. Unzählige Male hat sie sich schon über dieses hässliche Monstrum im Wohnzimmer geärgert. Und genau in diesem Moment springt sie die Erkenntnis an, dass sie Torsten konsequenterweise aus der Wohnung schmeißen muss – und seinen ganzen Kram gleich hinterher. Immerhin sind sie getrennte Leute und sie hier die alleinige Mieterin. Soll er doch sehen, wie er allein klarkommt. Leas Selbstbewusstsein ist wieder erwacht. »Willkommen zum großen Torsten-Schlussverkauf. Daumen hoch, Preise runter«, krakeelt es. »Nichts für Egalometer und Sorrymäßige, sondern für rachgierige Powerfrauen! Los geht's!« Als Erstes schließt Lea die Wohnung ab und lässt den Schlüssel von innen stecken. Denn theoretisch könnte Torsten ja jederzeit wieder aufkreuzen. Sie muss später unbedingt daran denken, den Notfall-Schlüsseldienst anzurufen, um das Türschloss zu wechseln. Sicher ist sicher. Der Schlüsseldienst wird zwar saumäßig teuer – aber« aufs Leben gibt's nun mal keinen Rabatt. Sie dreht die Anlage auf und startet ihre Lieblingsplaylist. Los geht's mit Beethovens Fünfter, ta ta ta taaaaaaa, danach folgt Heavy Metal. Das ist genau der Sound, den sie jetzt braucht, um alle gemeinsamen Fotos in der Wohnung zusammenzusuchen und diese auf einen Scheiterhaufen im Wohnzimmer zu werfen. Wie eine Furie reißt sie alle missliebigen Torsten-Gegenstände von den Wänden: Fitnesskalender, dümmliche Postkarten und das elende *Don't worry, be happy*-Poster. Beim Abreißen des Plakats nimmt sie auch gleich ein großes Stück Tapete mit. Schwund ist immer. Fitnessdrinks, Vitaminpillen, Thera-Bänder, Gewichte, Werkzeuge: alles fliegt auf den Müllberg im Wohnzimmer! Als sie zum Schluss noch durch seinen Kleiderschrank pflügt, fällt ihr tatsächlich aus einem alten Turnschuh ein Tütchen Gras in die Hände. Lea wundert sich. Braucht er das Zeug etwa für seine spirituellen Sitzungen? Von wegen Nichtraucher! Angewidert wirft sie das Päckchen auf den Müllhaufen im Wohnzimmer. Der Berg dort hat mittlerweile Auswüchse, die dem Mount Everest Konkurrenz machen könnten. Eigentlich würde die brave Versicherungsangestellte in Leas Persönlichkeit jetzt die Umzugskartons aus dem Keller holen, um das ganze Zeug darin zu verstauen. Dann würde sie Torsten anrufen und ihn bitten, seine Habseligkeiten abzuholen, am besten mit fester Terminvereinbarung. Aber Lea ist gerade alles andere als brav und verspürt auch nicht die geringste Lust, für Torsten einen Finger krumm zu machen. Sie hat eine ganz andere Idee und strahlt dabei wie Plutonium. Wofür hat sie sich heftig einen angetrunken, wenn sie mit diesem Zustand nicht irgendwas Verrücktes anzustellen weiß? Sie grinst, öffnet die Balkontür und prüft die Lage. Von ihrer eigenen Divenhaftigkeit beeindruckt, trinkt Lea schnell noch ein weiteres Glas Champagner, sagt: »Same procedure as every year, James!«, und schreitet zur Tat. Als Erstes fliegt die nepalesische Haferstroh-Matratze vom dritten Stock hinunter in den Vorgarten. Es folgt ein Buddha, mehrere vertrocknete Topfpflanzen, Massen an Zeitschriften, Klamotten und Schuhen. Lea kriegt sich gar nicht mehr ein. Sie lacht in hohen Tönen, als hätte man ihr Helium in die Lunge kanült. Was für ein Hochgefühl, Torstens Kram einfach rauszuschmeißen, um für ihr neues Leben Platz zu machen. Die hässliche Satin-Bettwäsche, weg! Spielekonsole samt vielknöpfrigem Controller, hinaus! Die ganze Armada an Duschgels und Shampoos, hinfort! Lea kann sich gerade noch zurückhalten, die tonnenschwere Hantelbank über die Balkonbrüstung zu hieven. Als Letztes nimmt sie Torstens Ukulele zur Hand, dieses furchtbare Instrument, das so aussieht wie ein viersaitiger Eierschneider – und auch genauso so klingt, wenn Torsten darauf spielt. Jeden Morgen hat er damit seine Morning-Hymne angestimmt. Angelehnt an den Nummer-eins-Hit jedes Kirchentages sang und klampfte er nach dem Aufstehen stets folgenden tiefschürfenden Text:

DANKE für diesen geilen Morgen,
DANKE für jedes liebe Tier,
DANKE für keine krassen Sorgen und für jedes Bier.
DANKE für meinen schönen Body,
DANKE für jeden Sonnenstrahl,
DANKE für ein schönes Hobby und für jeden Wal.

Der ganze hitverdächtige Song hat insgesamt sechs Strophen, und selbst die kleine Juli, die bei jeder sich bietenden Gelegenheit summt und singt, konnte dieser Selbstmotivationshymne nichts abgewinnen. Sie hat sich immer ostentativ die Ohren zugehalten, wenn Torsten morgens zur Ukulele griff. Auch Lea hat sich bis zum Schluss konstant geweigert, diesen Affirmationsschwachsinn mitzusingen. Lieber hätte sie das Original in Endlosschleife splitterfasernackt vor einem Media Markt gejodelt oder in einem Schweigekloster mit Kreuzstich fünf Monate lang »Spaßbremse« auf Leinentücher gestickt, als dass ihr auch nur eine Liedzeile davon über die Lippen gegangen wäre. Allein dieser unsägliche Klang der Ukulele setzte Leas Nervenkostüm derart unter Hochspannung, dass sie einmal in der Fußgängerzone einem Straßenmusiker fast an den Hals gesprungen wäre, als der unvermittelt mit dem Instrument vor ihr stand und *Somewhere over the Rainbow* anstimmte. Man kann es nicht anders sagen, der schönste Sound, den Torstens Ukulele jemals von sich gab, war der, als das Instrument unten im Vorgarten aufschlug und in tausend Einzelteile zersplitterte.

Leas unorthodoxe Aufräumaktion bleibt von den Nachbarn leider nicht gänzlich unbemerkt. Glücklicherweise kann sie die Leute beruhigen und mit der Lüge abspeisen, dass ihr kurzfristig ein Sperrmülltermin zugeteilt wurde, den sie nur durch eine schnelle Entsorgung über den Balkon einhalten könne. Komischerweise glaubt man ihr die Geschichte sofort.

Erschöpft wie nach einer Achtlingsgeburt lässt sich Lea schließlich auf den Wohnzimmerstuhl sinken und legt die Beine hoch. Gegenstände wegzuschmeißen, die sie an Torsten erinnern, ist das eine. Sich damit abzufinden, in Zukunft die Bude wieder selbst zu putzen, das andere. Was sich aber nicht so leicht ausräumen lässt, sind all die Erinnerungen an die letzten drei Jahre, die nun wie im Zeitraffer an ihr vorbeifliegen. Ihr schaudert schon davor, gemeinsame Lieder zufällig im Radio wieder zu hören, Torstens Parfum irgendwo zu riechen oder irregeleitete Post für ihn anzunehmen. Jedes Mal wird er wieder da sein. Wie bei diesem Jäger-Maulwurf-Spiel, das ihre Kollegin letzte Woche während einer todlangweiligen Telefonkonferenz im Internet gespielt hat. Torsten wäre in diesem Fall der kleine Maulwurf, der ständig frech grinsend aus einem Erdloch hervorlugt, während Lea versucht, der Nervensäge mit einem Spaten den Kopf einzuschlagen. Blöderweise hat bei diesem Spiel immer der Maulwurf gewonnen, aber das hat nichts zu bedeuten. Lea ist ja nicht abergläubisch.

Vom Wohnzimmerstuhl aus schweift ihr Blick durch den Raum. Mit einigem Erstaunen stellt Lea fest, dass sie bei ihrer Aufräumaktion offenbar eine Kleinigkeit übersehen hat, denn auf dem Boden vor ihr liegt Torstens Graspäckchen. Wenn sie nun sowieso schon dabei ist, sich völlig gehen zu lassen, wäre jetzt eigentlich der perfekte Moment, den ersten Joint ihres Lebens zu rauchen. Passenderweise liegen die Blättchen im Beutel, und so lässt sich Lea auf den Fußboden plumpsen und dreht kichernd einen Joint. Besser gesagt: eine Hanfroulade, die aussieht wie ein Stück aufgeplatzter Rollrasen. Immerhin hält das Papier den widerspenstigen Inhalt irgendwie zusammen, und nach einigen kokelnden Versuchen bringt Lea die Tüte tatsächlich zum Qualmen. Sie nimmt einige tiefe Züge und muss schrecklich husten. Sie inhaliert, hustet wieder, bis ihr das Zeug und der Gestank so dermaßen in den Kopf steigt, dass sie das Ganze einfach im Klo entsorgt. Sie wartet ab, ob sich irgendeine leicht narkotisierende Wirkung einstellt, aber außer einem Kratzen im Hals und leichtem Schwindel spürt sie nichts. Eine Nebenwirkung macht sich jedoch kurze Zeit später bemerkbar: Heißhunger. Ein Fressflash vom Feinsten. Nachdem sie Käse, Erdbeeren, Brot und Wurst restlos in sich hineingestopft hat, braucht Lea unbedingt noch Nachtisch. Dummerweise hat sie keine Süßigkeiten mehr im Haus, und so ruckelt sie quietschend eine Trittleiter vors Küchenregal, um in der hintersten Ablage nach uralten Backzutaten zu kramen. Hier findet sie abgelaufene Schokoglasur, Zuckerperlen, bunte Streusel, verklebten Haselnusskrokant und steinharte Blockschokolade! Ein Traum! Zucker in Reinform! Mit schokoverschmiertem Mund sinkt Lea schließlich wieder auf die Wohnzimmercouch und erfreut sich an einem heftigen Schluckauf, der klingt wie eine Autohupe beim Abschließen. Eigentlich verwunderlich, dass sie nach dem ganzen Zeug keinen Zuckerschock bekommt oder sich zumindest mit einem Buscopan-Zäpfchen ins Bad verabschieden muss. Offenbar haben Frischgetrennte ein ganz ausgezeichnetes Verwertungssystem.

Nachdem ihre Playlist ausgespielt ist, schnappt sich Lea ihr Smartphone und sucht nach dem einen ganz bestimmten Song. Der Song, der in diesem Moment alles sagt. *Non, je ne regrette rien.* Als sie die ersten Takte hört, schwingt sie sich auf die Beine, kämpft kurz gegen den Schwindel und édithpiaft sich anschließend schwungvoll durchs Wohnzimmer. »Non, rien de rien. Non, je ne regrette rien«, singt sie lauthals mit. Sie bereut nichts. Warum sollte sie auch etwas bereuen, was sie aus Überzeugung getan hat – selbst für das, was man nicht aus Überzeugung getan hat, ist Reue doch überflüssig. Denn es ist ja schon passiert und somit nicht mehr zu ändern. Als sie singend und tanzend durch die Wohnung schwebt, hämmert es plötzlich an der Wohnungstür. Von draußen sind die aufgebrachten Rufe der Nachbarn zu hören. Lea verdreht die Augen und macht die Musik leiser. Wie aufs Stichwort ebbt der Tumult im Treppenhaus wieder ab, und ihr wird klar, dass sie hier wegmuss. Raus aus der Wohnung, am besten gleich raus aus der Stadt. Für ein paar Tage alles hinter sich lassen. Zudem steigert sich das vage Bedürfnis, ihre Tochter zu sehen, ins Unermessliche. Auch von Paul in den Arm genommen zu werden, wäre ihrem zerrütteten Seelenzustand jetzt überaus zuträglich. Und so beschließt sie, sich auf den Weg zu machen, zu Paul und Juli. Vielleicht sind ja auch die beiden Mitbewohner von Paul da, dann können sie zu viert einen kollektiven Frustabend machen und auf Torsten verbal ein paar Zigaretten ausdrücken. Also, worauf noch warten. Das Neue braucht Freunde.

Kapitel 3

Lea ist ein absoluter Gefühlsschach-Profi: Mindestens fünf Schritte vorausdenken, dabei alle Risiken berücksichtigen und die ganze Konjunktiv-Klaviatur durchspielen von »Was wäre, wenn ...?« bis »hätte, würde, müsste«. Ob das in so einer Situation hilfreich ist? Natürlich nicht, nur leider lässt sich das Gedankenspiel nicht abstellen. Sie weiß natürlich, dass man Gefühlsschach nur gewinnt, wenn man es nicht spielt. Das Gleiche gilt für Rache. Man rächt sich am besten, indem man sich nicht rächt. Wobei es in Leas Fall dafür eindeutig zu spät ist, denn Torstens Krempel liegt bereits kreuz und quer unten im Vorgarten. Viel Rasengrün ist da jedenfalls nicht mehr zu erkennen.

Als Lea mit Julis riesengroßer Kuschelbanane unterm Arm aus der Haustür tritt, fühlt sie sich zumindest geistig topfit, nur ihr Körper schwächelt ein wenig. Von den Nachbarn ist niemand mehr zu sehen, und so schwankt sie wie ein Jenga-Turm schnell zur Gartenpforte. Da sich der Transport der unhandlichen Banane als nervenzehrendes Unterfangen erweist, beschließt Lea, beim nahe liegenden Taxistand einen Wagen zu nehmen. Denn als gut durchalkoholisierte Frischgetrennte, die bis vor wenigen Stunden noch auf Babyproduktion gepolt war, macht man besser keine Wanderung durch die Stadt, als solche nutzt man die Annehmlichkeiten eines Taxis. Sie schließt gerade die Gartenpforte, als abrupt ein Liegefahrrad vor ihr zum Stehen kommt. »Immer schön aufpassen, wo man hinläuft!«, ruft die nicht unbekannte Fahrerstimme. Dieses bescheuerte Liegefahrrad wäre definitiv auch ein Fall für den Müllberg gewesen, denkt sich Lea. Erst recht das schreiende Outfit des Fahrers, denn Torsten trägt mal wieder seine volle Fahrradmontur: neonfarbene Radlerhose, hautenges Bikershirt, verspiegelte Sonnenbrille – und natürlich akkurat rasierte Beine. Die Strecke von der Werkstatt zu Lea beträgt zwar nur lächerliche vier Kilometer, aber für ein bisschen Rumprollen ist kein Weg zu kurz.

»Torsten, wie schön!«, grunzt Lea und versucht sich möglichst unbesoffen zu geben. Aus seinem tiefergelegten Blickwinkel kann er den Exzess im Vorgarten glücklicherweise nicht sehen. Das ist auch besser so. Diese Überraschung soll er lieber ganz für sich allein genießen, wenn sie außer Reichweite ist. Lea zögert einen Moment. »Ähm, was machst du hier, wenn ich fragen darf?«

»Ich wohne hier«, kommt es dickfellig zurück.

»Wenn ich dich kurz grammatikalisch korrigieren dürfte. Die richtige Zeitform wäre in diesem Fall das Perfekt: Du hast hier gewohnt.« Lea fällt siedend heiß ein, dass sie in dem ganzen Durcheinander völlig vergessen hat, beim Schlüsseldienst anzurufen, um die Schlösser auszutauschen.

»Sag mal, bist du betrunken?«

»Leicht! Wieso?«

»Also, was soll das hier? Schmeißt du mich jetzt raus oder was?«

»Na, na, na, nicht ganz! Hier wäre die Zeitform auch wieder das Perfekt: Ich habe dich rausgeschmissen!«

»Aber das ist unsere Wohnung!«

»Präteritum: Das war unsere Wohnung. Jetzt ist es nur noch meine!« Lea hält fordernd die Hand auf. »Schlüssel bitte.«

»Und was ist mit meinen Sachen?«

»Die habe ich alle fein säuberlich zusammengeräumt und in Kisten verpackt. Kennst mich ja. Stehen draußen gestapelt vor der Tür.«

»Dir ist es also ernst?«

»Todernst!«

Torsten befindet sich immer noch in seinem Liegefahrrad, ein Bein auf dem Asphalt abgestützt. »Brauchst du diesen Triumph jetzt für dein Ego? Das ist so armselig, Lea. Wirklich armselig.«

»Plusquamperfekt: Nachdem er sie mehrfach betrogen hatte, setzte sie ihn vor die Tür.«

Torsten seufzt. »Weißt du, was? Ich finde das jetzt gerade richtig schade!« Und nach einer kurzen Pause: »Schade für dich! Denn bei dieser Sache geht es ja nicht um mich, das weißt du genau. Ich bin in meiner Mitte. Du hingegen läufst irgendwelchen irrationalen Kinderwünschen hinterher.«

Lea lacht laut auf. »Ach, du hast dich also gefunden?«

»Schon lange.«

»Hast du ›Blödmann‹ gegoogelt oder was?«

Seine Mundwinkel zucken. »Dein Zynismus tut mir echt leid für dich, Lea. Denn so verlierst du Stück für Stück die Verbindung zu deinem inneren Kind. Zuerst stirbt dein Lachen, deine Fröhlichkeit, dein Frohsinn, bis du irgendwann ganz und gar verbittert ...«

»Das Einzige, was hier stirbt, ist unsere Beziehung!«, unterbricht Lea das Gefasel. »Daher raus aus meiner Wohnung, und raus aus meinem Leben!«

Er stößt einen abschätzigen Lacher aus. »Ich kann doch bei tausend Leuten unterkommen, kann mit anderen Ladys zusammen sein, das weißt du genau. El Romantico findet immer ein Dach über dem Kopf. Aber guck dich mal an, dein Frust, deine Gereiztheit, der Alkohol, die Überforderung. Kommst du wirklich allein klar?«

Das ist jetzt echt die Höhe. Das letzte Mal, dass Lea Alkohol getrunken hat, war der Hustensaft im Winter. Und jetzt unterstellt Torsten ihr ein Alkoholproblem?

»Lass das alles mal schön meine Sorge sein!«, antwortet sie barsch und hält fordernd die Hand auf. »Schlüssel!«

»Was?«

»Du sollst mir jetzt endlich den Schlüssel zu meiner Wohnung geben. Dein Zeug steht draußen, und wir sind getrennte Leute. Oder soll ich mal kurz bei der Polizei anrufen und fragen, was die zu der Sache sagt?«

Er lacht hämisch. »Weißt du, es ist mir total egal, ob ich hier wohne oder woanders. Ich hänge mein Herz nicht an Dinge, die nicht leben.«

»Da sind wir uns ja ausnahmsweise mal einig!«

Er pokert, das ist Lea bewusst. Er rechnet damit, dass sie einknickt, aber da hat er sich geschnitten. Diese Spannung muss sie jetzt aushalten, dem Blick standhalten, unnachgiebig bleiben. Sie wundert sich selbst über ihre Bestimmtheit. Eine Seite, die sie in Zukunft häufiger ausprobieren sollte. Gerne auch nüchtern.

Er greift schließlich in seine Hosentasche, zieht das Schlüsselbund hervor und löst mit aufreizender Langsamkeit besagten Schlüssel vom Ring. »Wenn ich dir den jetzt zurückgebe, ist es endgültig mit uns vorbei, liebe Lea. Sei dir dieser Konsequenz bewusst.«

»Gib jetzt dieses verdammte Teil her!«

Er drückt ihr den Wohnungsschlüssel in die Hand.

»Firma dankt«, sagt sie, obwohl sie den Spruch ähnlich erbärmlich findet wie das obligatorische »Mahlzeit«, bevor man mittags in die Kantine schreitet. Sie setzt sich mit der Kuschelbanane in Bewegung und läuft geradewegs in Richtung Taxistand.

»Ey, du musst mir noch den Schaden am Golf bezahlen!«, ruft Torsten ihr hinterher.

»Mache ich, wenn du deine Schulden für die Werkstatt bei mir getilgt hast!«, brüllt sie aus der Entfernung. »Ach, und wenn du deine Karre reparieren lässt, lass deinen Dachschaden gleich mitmachen!« Den letzten Spruch bereut sie sofort, weil sie dadurch ihren ladyliken Abgang versaut hat. Aber sei's drum. Sie hat den Wohnungsschlüssel zurück und sich damit den Schlüsseldienst gespart. Damit ist das Kapitel Torsten für sie nun endlich erledigt.

»Einmal in die Südstadt bitte!«, sagt Lea lächelnd zum Taxifahrer. »Aber tun Sie mir einen Gefallen: Machen Sie einmal kehrt und fahren an der Nummer 31 vorbei, das ist gleich hier vorn.«

Als das Taxi mit heruntergelassenen Fenstern im Schneckentempo an Leas Haus vorbeifährt, sieht sie Torsten, wie er verzweifelt inmitten seiner Habseligkeiten steht. Er rauft sich die Haare, blickt hoch, sieht Lea im Taxi vorbeifahren und zeigt ihr hasserfüllt den Stinkefinger. Sie wirft ihm grinsend ein Luftküsschen zu. Zwischen all der Wut und der Trauer kommt jetzt die Schadenfreude bei ihr durch. Schwein sein, kann fein sein. Oink. Oink.

Lea sitzt neben der Kuschelbanane auf der Rückbank des Taxis. Sie braucht jetzt wirklich dringend ein paar Tage Urlaub, um das ganze Desaster zu verdauen. Es ist völlig undenkbar, morgen einfach wieder normal arbeiten zu gehen. Doch ein Anruf bei ihrem Boss, um spontan freizubekommen, ist ihr immer tierisch unangenehm. In ihren Augen hat das etwas krass Unprofessionelles, sich so kurzfristig von der Arbeit abzumelden. Das Gleiche gilt auch bei Krankheit. Da ist Lea eher der Typ, der sich bei anfliegender Erkältung kiloweise BoxaGrippal, Mucosolvan und Paracetamol besorgt, um hochgradig gedopt bei der Arbeit zu erscheinen. Wenn sie sich doch mal krankschreiben lässt, hat sie jedes Mal Schiss, für eine überforderte Mutti oder alternativ für eine labile Lusche gehalten zu werden, die sich arbeitsscheu zurückzieht, um den ganzen Tag lesend im Bett zu verbringen. Diese Gedanken sind natürlich allesamt Schwachsinn, vor allem, weil sie bei ihren Kollegen sehr geschätzt und bei ihrem Chef wohlgelitten ist. Der ist nämlich kein Stromberg, Choleriker, Kontrollfreak oder Macho, sondern einfach nur ein netter Typ. Angesichts der neuen Single-Situation überprüft Lea beim Warten auf das Freizeichen ihres Handys die potenzielle Partnertauglichkeit ihres Chefs. Aber sie kommt wieder zu demselben Ergebnis wie schon vor Jahren: Leider nicht ihr Typ. Fastglatze, Kastenbrille, zu enge Sakkos und furchtbares Schuhwerk, das zwischen Lurchi-Latschen und Zalando-Resterampe changiert. Besser also, er bleibt einfach nur ihr Chef. Ihn jetzt im angetrunkenen Zustand anzurufen, birgt zwar eine gewisse Gefahr, aber so lange der sie nur hört und nicht sieht, kann eigentlich nichts schiefgehen. Zur Not schiebt sie einfach alles auf die miserable Sprachqualität ihres schrottreifen Firmenhandys. Es tutet dreimal, dann hat sie ihren Boss am Apparat. »Engensen hier, hallo!«, flötet es wie immer gut gelaunt aus dem Telefon. Nachdem Lea mit matter Stimme ihren Wunsch vorgetragen hat, gibt ihr Chef gleich grünes Licht. Für den morgigen Tag solle sie Überstunden abbauen, dann sei eh Wochenende, und anschließend trage er ihr eine Woche Urlaub ein. Zwar sei er selbst nächste Woche abwesend, aber da gerade Sommerflaute im Auftragseingang herrsche, könne er Leas Urlaub ohne Probleme genehmigen.

»Wo geht's denn hin?«, fragt Herr Engensen noch zum Abschied. »Sie wollten doch mal auf die Malediven, oder verwechsle ich das gerade?«

»Ich? Malediven? Auf gar keinen Fall. Das ist ja wie Peking unter Palmen. Sagen wir es so: Ich muss einen Verlust verarbeiten.«

»Oh, das tut mir leid«, antwortet ihr Boss mit viel Empathie. »Ich frage jetzt nicht, was passiert ist, ob Sie etwas brauchen oder ob ich Ihnen vielleicht irgendwie hilfreich sein kann, richtig?«

»Genau. Das fragen Sie nicht«, sagt Lea und lächelt.

»Na, dann wünsche ich Ihnen eine gute Zeit, viel Kraft bei ihrem Anliegen, und wenn Sie können, erholen Sie sich ein bisschen.«

»Das ist sehr nett von Ihnen. Vielen Dank, Herr Engensen.«

»Machen Sie es gut!«

Lea legt auf und schaut erleichtert aus dem Taxifenster. Sie hat jetzt Urlaub, das ist genau das Richtige.

Kapitel 4

Lea fühlt sich wie im Schlaraffenland. Neben ihr eine Tüte Chips, vor ihr ein frisch gebackener Schokoladenkuchen, in der Hand ein Glas Sekt ... und die besten Menschen um sich herum, die jede Psychotherapie überflüssig machen. Sie sitzt bei ihrem – Moment, kurz nachzählen – Ex-Ex-Mann Paul im Wohnzimmer und isst beziehungsweise trinkt sich den Frust von der Seele. Sie stellt fest, dass es eigentlich kein Problem auf der Welt gibt, das nicht mit Alkohol, Zucker und guten Freunden gelindert werden kann. Lea ist glatt in Tränen ausgebrochen, als sie vorhin durch das Treppenhaus in die Altbauwohnung stolperte und schließlich in den tröstenden Armen von Paul lag. Komischerweise wusste er sofort, was los ist, obwohl sie gar kein Wort hervorgebracht hatte. Ihr Zustand hat wohl alles gesagt. Sie zog die Schuhe aus, betrat die riesige Wohnung und steckte als Erstes ihren Kopf zu Juli ins Kinderzimmer. Zufrieden lag dort ihre Tochter im Bett und schlief. Lea legte Glubschi, die Kuschelbanane, zu Juli ins Bett, strich ihrer Tochter behutsam über die Wange, und allein die Gewissheit, Juli so zufrieden zu sehen, sorgte bei ihr schon für Erleichterung in der Bauchgegend. Kaum war die Kinderzimmertür geschlossen, stürzte Yacin, der Mitbewohner von Paul, mit wedelnden Armen auf sie zu. »Liebes, du siehst übel aus. Wie frisch exhumiert! Soll ich dir ein Sauerstoffzelt besorgen?« Auch Mo, der eigentlich Mohammed heißt, war sofort zur Stelle. Er umarmte Lea liebevoll und küsste sie auf die Wange. »Hey, was ist passiert?«

Und so stopft sich Lea wie eine ausgehungerte Python mittlerweile das dritte Stück Schokokuchen rein und kommt sich inmitten der drei vor wie eine Kombination aus Haustier und Prinzessin. Während sie von den ganzen Höhepunkten ihres Tiefpunkt-Tages berichtet, sucht sie immer wieder den Augenkontakt zu Paul. Sie fühlt sich bestätigt, dass er wirklich der absolute Traumpartner war. Aber Paul ist nun leider: schwul. Wieso musste ausgerechnet ihm nach Kindszeugung und Eheschließung die Erkenntnis durchs Rückenmark knattern, auf Männer zu stehen? Natürlich ist auch Lea klar, dass Sexualität etwas Fließendes ist und sich das Begehren immer neu formen kann. Genauso ist der Gedanke Schwachsinn, sich in der Pubertät – oder überhaupt – auf eine sexuelle Ausprägung festlegen zu müssen, an der sich nichts mehr ändern darf. Fürs Fühlen entscheidet man sich nicht, es ist einfach Fakt. Dennoch war die Nachricht für Lea ein Schock. Der Vater ihrer Tochter, der Mann, den sie liebte, mit dem sie verheiratet war und mit dem sie bis ans Lebensende zusammenbleiben wollte, ist jetzt schwul. Es gibt wahrlich schönere Komplimente für eine Frau, als dass der Ehemann nach Jahren glücklicher Partnerschaft und wilder Sexnächte verkündet, von nun an lieber mit Männern ins Bett zu steigen. Lea war stinksauer ... und tief verletzt. Sie brauchte Zeit, um ihre Gefühle für Paul wieder zurückzubauen wie ein ausrangiertes Atomkraftwerk, das immer noch glüht. Dabei ging es emotional ganz schön rauf und runter, bis irgendwann zwar nicht alles perfekt war, sie aber zumindest Frieden mit der Situation schließen konnte. Paul hat ja auch nichts falsch gemacht. Ganz im Gegenteil, er war ausnahmslos ehrlich. Er hat sie nicht hintergangen, betrogen oder ähnliche Torsten-Aktionen durchgezogen. Deswegen machte sie Paul schließlich das Angebot, mit ihm gemeinsam nach der besten Lösung für die neuen Umstände zu suchen. Zugegeben, in erster Linie hatte sie dabei das Wohl ihrer Tochter im Sinn, weil sie unbedingt vermeiden wollte, dass ein Rosenkrieg ausbricht und sie sich als Eltern auf Julis Kosten um das Sorgerecht streiten. Glücklicherweise ging es Paul genauso, und deswegen sind sie jetzt wieder ebenso gute Freunde, wie sie es vor ihrer Beziehung waren. Doch Paul fühlt sich seitdem für das Glück von Lea verantwortlich und legt sich immer wieder für sie ins Zeug – was er gar nicht müsste. Sein schlechtes Gewissen ist einfach nicht aus ihm herauszukriegen, trotz etlicher Gespräche. Das liegt vielleicht auch daran, dass Paul nach seinem Outing ausgerechnet mit Yacin zusammenkam, dem besten Freund von Lea. Lea und Yacin kennen sich noch aus Schulzeiten, als sie gemeinsam in der Theater-AG gespielt haben. So befand sich Lea nach dem Ende mit Paul also in der illustren Situation, ihren Ehemann auch noch gleich an ihren besten Freund verloren zu haben. Aber der Spaß geht noch weiter: Yacin war zu dem Zeitpunkt mit Mo zusammen. Nun stellte sich heraus, dass Mo auch Gefallen an Paul fand und Paul wiederum an Mo. So sind die Männer ruckzuck in einer Dreierbeziehung gelandet, der einzige Heterosexuelle im Haushalt war der Kater – wobei sich hier neuerdings auch Zweifel auftun, aber das ist eine andere Geschichte. Paul zog also wenig später bei Yacin und Mo ein, und für Töchterchen Juli wurde in der Riesenwohnung ebenfalls ein eigenes Zimmer hergerichtet. Und so herrscht seitdem Rainbow und Patchwork unter einem Dach. Für Juli waren die neuen Lebensbedingungen überhaupt kein Problem. »Wieso, is' doch voll einfach: Jeder is' hier in jeden verknallt«, sagte sie. »Aber wehe, ihr knutscht!« Das war ihre einzige Sorge und das Thema damit erledigt.

»Ich habe es ja von Anfang an gesagt: Der Typ ist ein Arschloch!«, resümiert Yacin nach Leas Bericht und fährt sich durch die türkis gefärbte Haartolle. Er nimmt mal wieder kein Blatt vor den Mund, und das liebt Lea an ihm. Denn immer wenn Leas Gemüt schlappmacht, ist Yacin mit seiner vorlauten Art die beste Medizin gegen jede Art von Gefühlsharakiri. Kein Wunder, dass er mit seiner Energie auch der absolute Star bei den Kindern im Kindergarten ist, wo er als Erzieher arbeitet.

»Wie sah die Imbissfrau denn aus, die Torsten auf der Kühlerhaube ...?« Mo kann seinen Satz gar nicht zu Ende sprechen, weil Yacin ihm sofort ins Wort fällt: »Leute! Kühlerhaube, allein das! Jeder Pornoregisseur würde eine Kühlerhaube als zu klischeehaft ablehnen.«

»Also, wie sah sie aus?«, setzt Mo noch mal nach. »Ich meine die Frau, nicht die Kühlerhaube!«

»Sagen wir's mal so: Die Hübscheste war sie nicht.«

»Lass mich raten«, ruft Yacin, »Silikon bis unters Dach?«

»Ich habe ehrlich gesagt gar nicht so genau hingeguckt«, antwortet Lea. »Ich war nämlich die ganze Zeit damit beschäftigt, diese verstörenden Bilder wieder aus meiner Hirnrinde zu kratzen.«

»Erst mal ist es gut, dass du diesen Idioten los bist«, sagt Mo. »Für den hast du so viele Kühe vom Eis geholt, das kann man schon getrost als Almabtrieb bezeichnen.«

Lea muss lachen. Mos Humor ist einfach herrlich. Kein Wunder, dass sich Paul neben Yacin auch gleich in

Mo verknallt hat. Nicht nur sein Witz, sondern auch das sehr gewinnende Äußere hat in der Männerwelt – und in der Werbeagentur, wo Mo arbeitet – schon durchaus für Aufregung gesorgt.

»Ach, euer Zuspruch tut so gut«, sagt Lea und greift routiniert in die Schale mit den Schokolinsen. »Trotzdem liegt mir dieser Tag wie ein Fernfahrerteller von der Raststätte im Magen.«

»Liebes, das ist der Trennungsschmerz. Das dauert.«

»Hach ja«, seufzt Lea. »Ich war schon verliebt in ihn ... er war halt auch ... besonders!«

»Ja, besonders scheiße!«, sagt Yacin.

»Ach, kommt, er hatte auch seine guten Seiten.«

»Welche denn? Mir fallen keine ein.«

»Er hat zum Beispiel ...«, Lea überlegt kurz, »die schwer vermittelbaren Hunde aus dem Tierheim Gassi geführt!«

»Bis einer der süßen Kampfhundwauzis ihm den halben Arm abgebissen hat«, erwidert Mo.

»Okay, stimmt. Aber was ist mit der alten Frau Thönse? Der hat Torsten jeden Tag im Haushalt geholfen!«

»Ganze zwei Wochen lang, dann ist sie ins Altersheim gezogen.«

»Immerhin hat er Juli einen Geburtstagskuchen gebacken!«

»Das kohlrabenschwarze Brikett, bei dem Juli dachte, es sei ein Türstopper?«

»Ach, ihr seid fies!«, sagt Lea seufzend.

»Nein, wir sind realistisch«, antwortet Mo. »Paul, was sagst du eigentlich zu der ganzen Sache?«

Paul hat die ganze Zeit aufmerksam zugehört und legt jetzt einfach nur den Arm um Leas Schulter. Es ist ein Phänomen, dass er immer genau weiß, was Lea in dem

Moment gerade guttut. Bewundernswert ist außerdem, dass er zu jeder Tages- und Nachtzeit aussieht wie frisch aus dem Ei gepellt. Auch jetzt wieder: Feiner Zwirn, schickes Hemd, Eins-a-Frisur. Auch wenn er wegen seines Anwalt-Jobs nur wenig Schlaf abbekommt, hat er trotzdem das Flair, als käme er gerade von einer Mutter-Kind-Kur. Wenn Lea hingegen in der Nacht weniger als fünf Stunden schläft, sieht sie mit ihren Augenringen aus wie ein schwachsinniger Waschbär.

»Es tut mir leid für dich, mein Schatz«, sagt Paul schließlich. »Ich hätte dir eine tolle Beziehung und einen tollen Mann gewünscht. Aber du hast selbst für dich herausgefunden: Torsten ist es nicht. Und dann hat er so eine tolle Frau wie dich auch nicht verdient.« Er drückt Lea fester an sich. Seine Worte fühlen sich an wie warmer Vanillepudding, ein Schaumbad oder Schlafen in frischer Bettwäsche – oder wie alles zusammen.

»Liebes, wir stoßen jetzt erst mal darauf an, dass du diesen Spinner los bist. Ich hol den Schnaps!«, sagt Yacin, und keine zwei Minuten später sind sie alle mit einem Glas ausgestattet, stehen im Halbkreis und rufen: »Prost!« Dann ballern sie sich den Alkohol in den Kopf und verziehen allesamt das Gesicht zu einer Hör-mir-auf-Grimasse.

»Aber jetzt haben wir die ganze Zeit nur über meinen Mist geredet. Wie geht's denn euch eigentlich?«, fragt Lea und stellt das Schnapsglas zurück auf den Tisch.

Die aufgekratzte Stimmung im Raum kühlt sich merklich ab. »Also, wir haben da ein paar Themen für uns identifiziert«, versucht Paul einen juristisch-diplomatischen Einstieg.

»Aha, und das heißt?«

»Zu dritt eine Beziehung zu führen ist – sagen wir mal: herausfordernd. Deswegen haben wir uns überlegt, ein Paar-Coaching zu absolvieren.«

»Okay, klingt doch ganz vernünftig. Wann geht's los?«, fragt Lea.

»Übermorgen, am Samstag. Für eine Woche! Das Coaching findet in einem Urlaubsresort in Griechenland statt. Auf der Mini-Insel Hyakinthos. Schon mal gehört?«

»Noch nie!«

»Wir vorher auch nicht. Aber dort muss es wirklich traumhaft sein, die Fotos im Internet sind der Wahnsinn. Auf der Insel gibt es nur dieses eine Resort, ansonsten Sonne, Strand und Natur pur. Einziger Nachteil: Es sind fast nur Deutsche dort, aber das werden wir auch irgendwie überleben.«

»Ach, das ist ja ärgerlich ...«, sagt Lea. »Also, ich meine, ich freu mich natürlich für euch. Aber ich habe mir spontan eine Auszeit genommen, um die ganze Geschichte mit Torsten zu verdauen und den Kopf wieder freizukriegen. Deswegen wollte ich eigentlich fragen, ob Juli noch eine Woche länger bei euch bleiben kann, aber das hat sich ja nun erledigt.«

Paul legt seine Stirn in Falten. »Klar hätte Juli noch länger bleiben können, das wäre überhaupt kein Thema gewesen. Aber jetzt haben wir unsere Reise schon fest gebucht, alles ist bezahlt und der Coach organisiert.«

»Und wenn du trotzdem ein paar Tage wegfährst und Juli einfach mitnimmst?«, fragt Mo.

»Ehrlich gesagt, wäre ich gerne ohne Kind unterwegs.«

»Kann ich voll verstehen. Mensch, was machen wir denn jetzt?«

»Ist doch logisch!«, sagt Yacin, ohne auch nur einen Moment zu zögern. »Lea kommt mit nach Griechenland! Wir Männer machen tagsüber unser Seminar, und du kannst ausschlafen, am Strand rumhängen und dein Leben neu organisieren.«

Mo ist sofort begeistert: »Au ja! Das wäre der Hammer! Wir haben einen Bungalow direkt am Strand. Darin gibt es zwei Schlafzimmer und eine Ausziehcouch. Das kriegen wir doch locker zu viert hin. Du brauchst eigentlich nur den Flug!«

Und dann guckt Lea in drei breit grinsende Gesichter. Wie bei einem einarmigen Banditen im Spielcasino, dessen Walzen fette Dollarzeichen anzeigen: Pling, Pling, Pling. Ka-Ching!

Doch Leas Enthusiasmus kommt nicht in Schwung, auch Pauls Gesichtszüge gehen nach der ersten Begeisterung auf Talfahrt. »Und was ist mit Juli?«, fragt er.

Lea nickt. »Genau. Außerdem glaube ich nicht, dass euer Hotel zwei weitere Personen im Bungalow erlaubt.«

Mo verzieht den Mund. »Das kann in der Tat schwierig werden, zumal das ein Adult Only Hotel ist. Nur für Erwachsene.«

»Seht ihr!«, sagt Lea. »Dann geht die Rechnung nicht auf. Aber kein Ding, dann schnappe ich mir Juli, und wir verbringen ein paar nette Tage am See. Macht ihr euch einen schönen Urlaub, ich komme schon irgendwie klar. Wirklich!«

»Stopp! Wartet mal«, klinkt sich Paul wieder ein. »Was ist, wenn wir Juli zur Oma bringen und sie dort Urlaub macht? Die beiden sind doch ein Herz und eine Seele.«

»Juli soll zu deiner Mutter?«, ruft Lea entsetzt. »Das meinst du ja wohl hoffentlich nicht ernst!«

»Na, wenigstens haben wir eine Oma, wo wir Juli hinbringen können.«

»Gut, das stimmt. Meine Eltern sind ja leider der Totalausfall.«

»Guck mal, es passt doch alles: Es sind Ferien, und Juli wird erst im August eingeschult. Sie verpasst hier überhaupt nichts, und ich bin mir sicher, sie wird sich auf einen Oma-Urlaub riesig freuen!«

»Aber Paul, wir können doch nicht einfach wegfahren und unser Kind bei deiner völlig durchgeknallten Mutter parken. So was haben wir ja noch nie gemacht.«

»Dann lass es uns doch mal probieren«, antwortet er und grinst.

Lea ist ganz und gar nicht überzeugt. Man muss wissen, dass Pauls Mutter Friederike durchaus speziell ist. Die Rentnerin hat ihre Bestimmung als Rosenzüchterin gefunden und ergeht sich nun jeden Tag darin, die Beete auf ihrem riesengroßen Anwesen zu besprechen und sie mit einer ungeheuren Anzahl von Knips-, Beiß- und Schneideapparaturen präzise zu bearbeiten. Gärtnerinnen hat sie sich auch bestellt. Diese dürfen ihr bei den Arbeiten helfen, allerdings überwacht sie dabei jeden Handgriff, damit auch kein Blatt zu viel abfällt. Des Weiteren versucht sie mit einem jungen Haushälter die grotesk große Villa in Schuss zu halten. Zum Glück ist sie damit ausreichend beschäftigt, denn ohne diese Aufgaben würde sie noch mehr in Leas und Pauls Leben herumpfuschen. Das Schlimme an Friederike ist: Sie weiß alles besser. Am liebsten würde sie daher auch ihre Enkelin Juli bei sich auf dem Land aufziehen, weil sie erstens das Hin und Her zwischen zwei Haushalten für das Kind als schädlich erachtet, zweitens, ihr die Erziehungsmethoden von Lea und Paul zu streng vorkommen, drittens, sich das Kind aus Friederikes Sicht in der

Stadt nicht richtig entfalten kann, und viertens – und das ist ihr wichtigster Punkt –, weil der Einfluss von Torsten auf Juli hochgradig toxisch ist. Punkt vier hat sich ja seit heute zum Glück erledigt.

»Ach, Paul, Oma Friederike und Juli sind doch das reinste Chaosgespann. Und gerade jetzt, wo unsere Kleine ständig über Bauchschmerzen klagt und so wenig isst, da willst du sie zu deiner Mutter geben?«

»Du tust ja gerade so, als wäre Friederike eine Hexe!«, sagt er grinsend.

»Na ja, Bibi Blocksberg ist sie jedenfalls nicht. Ich erinnere dich gerne an den letzten Urlaub, wo die Garage zusammengekracht ist, als die beiden obendrauf Fangen gespielt haben …«

»Ich weiß«, sagt Paul lachend. »Oder die Demo gegen Billig-Fleisch bei Aldi, wo sich meine Mutter im Hühnchenkostüm ans Kühlregal gekettet hat. Die Filmaufnahmen von Juli dazu sind hitverdächtig. Aldi-Hausverbot forever.« Alle müssen lachen.

Dann zückt Paul sein Handy. »Ich kann ja mal rein prophylaktisch bei ihr nachfragen, ob sie überhaupt Zeit hat«, sagt er und beginnt sogleich eine Nachricht zu tippen.

Aber Lea wiegelt ab: »Ach, Leute, ich habe echt kein gutes Gefühl dabei. Außerdem würde ich euch mit meiner Katerstimmung den ganzen Urlaub versauen. Ich glaube, ich muss jetzt erst mal eine Nacht drüber schlafen. Vielleicht kann ich ja morgen eine sinnvolle Entschei…« Weiter kommt sie nicht, denn ihr Gesicht ähnelt schlagartig dem giftgrünen Emoji, das kurz vorm Erbrechen ist. Wie ein Springteufel schießt sie aus dem Sessel, torkelt in Richtung Badezimmer und gibt von dort Geräusche von sich, die unzweifelhaft auf eine schwallartige Magenentleerung deuten lassen. Vom stillen Örtchen kommt sie nicht mehr zurück. Erst als Paul einige Zeit später nach ihr schaut, findet er sie schlafend mit dem Kinderbademantel von Juli im Arm auf der Badematte wieder. Dort pennt sie glücklich und zufrieden, eingekringelt wie ein Shrimp.

Kapitel 5

Am nächsten Morgen sitzen alle fünf beim Frühstück. Die Frühstücksutensilien kann man grob mit den Worten fettig, salzig und kohlenhydratlastig beschreiben – genau das Richtige für Leas ramponierten Zustand. Smokey Eyes hat sie an diesem Morgen auch ganz ohne Schminke. Das liegt nicht nur am Alkohol, sondern auch an dem Schrecken in der Nacht. Juli ist nämlich beim nächtlichen Toilettengang über ihre schlafende Mutter gestolpert, die wie eine Alkoholleiche auf dem Boden des Badezimmers lag. Ein gellender Schrei von Juli, ein lautes Kreischen von Lea. Zum Glück war Paul sofort zur Stelle, um Mutter und Tochter schnell wieder zu beruhigen. Den Rest der Nacht hat Lea dann bei Juli im Bett verbracht, denn es ist unerklärlich, was für einen positiven Schlafzauber Juli verströmt, insbesondere wenn es Lea mies geht. Dummerweise lag Glubschi wie eine dritte Person genau zwischen ihnen, aber neben einer Kuschelbanane zu schlafen ist allemal besser als auf der Bademattte.

Der tiefschwarze Kaffee knipst bei Lea die Lichter wieder an, und nach kurzer Regeneration ist sie wieder auf Zack. So nutzt sie gleich die Gunst der Stunde, um ihrer Tochter beizubringen, dass Torsten in Zukunft keine große Rolle mehr spielen wird. Lea kann gar nicht ausreden, denn schon nach wenigen Sätzen bricht Juli in ohrenbetäubenden Jubel aus. »Cool! Nie wieder Putzi.

Nie wieder Putzi!«, brüllt sie und klatscht in die Hände. Juli hat diesen Spitznamen für Torsten erfunden, nicht nur, weil sie seinen Putzfimmel so lächerlich findet, sondern auch, weil sie ihn damit so herrlich provozieren konnte. Denn immer wenn sie ihn mit voller Absicht Putzi nannte, ist er an die Decke gegangen, verlässlich wie der Schluckreflex. Tja, auch Kinder können Miststücke sein.

»Wenn Torsten jetzt weg ist, habe ich ja viel mehr Platz zum Spielen!«, freut sich Juli und schlägt bereits einen Tausch ihres Kinderzimmers gegen das Wohnzimmer vor, damit alle Tiere vom Playmobil-Bauernhof endlich genug Auslauf haben und die Lego-Türme bis zur Decke wachsen können. Außerdem bietet sie an, ihren Kuscheltier-Zoo mit einigen geschickten Tauschgeschäften in der Nachbarschaft auf ein Vielfaches anwachsen zu lassen, eine Eislaufbahn durch die Wohnung zu verlegen, ein Mini-Hausschwein anzuschaffen und mit ihrem Taschengeld eine raumfüllende Gummibärchen-Maschine zu kaufen. Nachdem Lea die überschießende Fantasie ihrer Tochter auf ein realistisches Maß zurückgestutzt hat, kehrt wieder etwas mehr Ruhe am Frühstückstisch ein. Schließlich fragt Mo wie bei der Chefarzt-Visite: »Und, Lea, wie geht's dir heute? Ich meine, so rein emotional?«

Sie atmet tief durch. »Ach, du, meine Stimmung ist so wie ein Börsenkurs, geht mal hoch und wieder runter.«

»Nach dem Börsencrash gestern kann es bei dir eigentlich nur noch aufwärtsgehen«, sagt Paul grinsend und beißt in sein Marmeladenbrötchen.

»Ich bin mal gespannt, ob mir Torsten zu Hause die Tür eingetreten hat oder ob die Bullen vorm Haus stehen, weil die Nachbarn ...«

»Bullen sagt man nich'«, kräht Juli dazwischen.

»Stimmt, mein Schatz. Gut aufgepasst. Also: Ob die Nachbarn vielleicht die Polizei gerufen haben, wegen …«

»Kriegt Torsten jetzt Kloppe?«, blökt Juli.

»Verdient hätte er es jedenfalls!«, antwortet Mo und macht einen Karate-Kampfschrei.

»Putzi kriegt Kloppe! Putzi kriegt Kloppe!«, brüllt Juli und boxt dabei mit ihren Kinderfäusten in die Luft.

»Ich glaube, für den Schulhof ist unsere Tochter schon mal gut vorbereitet!«, kommentiert Paul von der Seite.

»Ich fänd's aber schön, wenn Juli keine aggressive Prügelziege würde, sondern ein konfliktfähiges Schulmädchen!«, zischt Lea.

»Putzi kriegt Kloppe! Putzi kriegt Kloppe!«

»Juli, ist gut jetzt!«, ruft Lea und versucht das Temperament ihrer Tochter zu zügeln.

»Ach, das Wichtigste habe ich ja fast vergessen«, sagt Paul mit halb vollem Mund, reibt sich die Krümel von der Handfläche und holt sein Handy aus der Hosentasche.

»Handys beim Essen sind verboten!«, bellt Juli wieder und hat leider schon wieder recht. Zu dumm, dass Erwachsene ständig Regeln erlassen, deren Einhaltung ihnen offenbar schwerer fällt als den Kindern. Paul bittet also um eine Ausnahme, die ihm Juli nur gegen das Schmieren eines Nutellabrotes gewährt.

»Also, meine Mutter ist ja jetzt auch bei WhatsApp«, sagt Paul, »und hört mal, was sie auf meine Urlaubsanfrage von gestern geantwortet hat. Ich: ›Hallo Mama, könnte Juli bei dir spontan für eine Woche Urlaub machen? Schon gleich ab Samstag? Wir wollen für ein paar Tage weg.‹ Und hier ihre Antwort: ›Lieberen Paulskirche, hier ist deine Muttersprache. Ihr Kanone wegbleiben, so lange ihr Wollust. Bei mir ist Juli so wie sowie

wie so wieso so so sowie in besseren Händeschütteln als bei Eucharistie. Gips mir bitte euer Hotel. Ihr Könnt Juli jederzeitbeimirvorbeiBringdienst. Bus.‹«

Alle brechen in lautes Gelächter aus.

»Aber das sind doch super Nachrichten!«, freut sich Yacin. »Als Dankeschön stellen wir deiner Mutter auch die Autokorrektur im Handy aus.«

Juli sitzt mit weit aufgerissenen Augen auf ihrem Stuhl und quiekt vergnügt: »Was? Kann ich etwa bei Oma Urlaub machen?«

Paul legt belustigt sein Handy weg und fängt an, seiner Tochter das begehrte Nutellabrot zu schmieren.

»Ach, Mäuschen«, antwortet Lea für ihn. »Das war gestern nur so ein Spaß. Wir würden natürlich niemals ohne dich in Urlaub fahren, denn du willst …«

»Cool! Ich will zu Oma!«, unterbricht Juli, »Wann geht's los? Jetzt gleich?«

Lea wirft Paul einen Blick zu, doch er zuckt nur mit den Schultern. »Ich habe es dir ja gesagt«, meint er grinsend und legt Juli das Brot auf den Teller.

»Das, was Papa vorgelesen hat, war doch nur ein Witz, Juli. Es wäre doch voll gemein, wenn du zur Oma müsstest und wir ohne dich Urlaub machen würden!«

»Nö, ich will ja gar nicht mit euch in Urlaub. Ich will zu Oma!«

»Ganz allein?«

»Bin ja nicht allein, Oma ist ja da.«

»Aber dann stellt ihr wieder Unsinn an, und ich mache mir Sorgen!«, sagt Lea.

»Gar nicht! Oma und ich sind ganz lieb. Versprochen!« Juli ist völlig aufgeregt und rutscht von einer Pobacke auf die andere. »Wie lange kann ich denn bei Oma bleiben?«, fragt sie mit Klimperwimpern.

»Du musst sieben Schlüpfer einpacken«, antwortet Paul. »Für eine ganze Woche. Ganz schön lang, was?«

»Nö! Ich könnte noch viel, viel, viel, viel, viel länger. Ich kann auch ein paar Schlüpfer zweimal anziehen!«

Paul lacht und streicht seiner Tochter liebevoll über den Kopf.

»Kommt Oma mich abholen, oder fahrt ihr mich in Urlaub?«, fragt Juli voller Vorfreude.

»Mein Schatz, Papa und ich müssen darüber noch mal ganz in Ruhe sprechen …«

»Alles klar. Sprecht ihr mal in Ruhe, ich packe schon mal meine Sachen!«, ruft sie und hopst vom Stuhl. »Gluuuuuuubschi, ich muss dir was erzählen! Wir machen Urlaub bei Ooooooooooma!«, brüllt sie auf dem Weg in ihr Zimmer und stampft mit den Fersen aufs Parkett.

»Nicht bollern!«, rufen alle Erwachsenen im Chor und winken ab. Offenbar ist es ein Ding der Unmöglichkeit, Kindern leises Gehen oder Laufen in der Wohnung beizubringen. Trittschalldämmung hin oder her, den Nachbarn unten dürften trotzdem jedes Mal die Ohren wegfliegen. Julis Nutellabrot bleibt jedenfalls unangetastet auf dem Teller liegen, ihre Prioritäten haben sich jetzt eindeutig verschoben.

Mo ergreift als Erstes das Wort. »Hey! Besser geht's doch gar nicht«, sagt er zu Lea, die immer noch ein zerknirschtes Gesicht macht. »Juli hat uns die Entscheidung gerade abgenommen! Sie geht zur Oma, und wir machen alle zusammen Urlaub in Griechenland!«

»Genau«, bestätigt Yacin. »Im Urlaub kannst du dein Leben neu planen und auch ganz nebenbei deine neue Freiheit auskosten. Lass mal wieder richtig die Sau raus, damit du die ganze Geschichte mit Torsten schnell vergisst.«

Irgendwie haben die beiden ja recht. Juli wird die Woche bei Friederike schon überleben, und Griechenland ist ja auch nur zweieinhalb Flugstunden entfernt. Und der Gedanke, den neuen Beziehungsstatus gleich radikal auszukosten, zaubert Lea ein Lächeln ins Gesicht. Libido, hallihallo! Wild sein, Nächte durchfeiern, Männer kennenlernen, flirten, rumknutschen, rummachen, rumfummeln … dafür ist so ein Cluburlaub doch genau das Richtige. Einfach mal das machen, was Torsten die ganze Zeit hinter ihrem Rücken veranstaltet hat, nur eben frei, ehrlich und ungebunden. Das wäre doch was!

Lea muss zugeben, dass ihr Arsenal an Gegenargumenten langsam aufgebraucht ist. »Also gut«, sagt sie schließlich, »ich bin dabei!« Ein Freudengeschrei bricht aus, ehe sich alle vier in die Arme fallen.

»Dann nimm dir jetzt deine Tochter zum Vorbild und geh Koffer packen!«, sagt Paul. »Wir sagen dem Hotel Bescheid, ich buch dir die Flüge, und dann kann es morgen auch schon losgehen. Hyakinthos, wir kommen!«

Als Lea kurze Zeit später zu Hause ankommt und sich mit einem leichten Anflug von Panik fragt, wie sie in der kurzen Zeit nun Urlaubssachen packen und den Garten wieder auf Vordermann bringen soll, traut sie ihren Augen kaum: Der ganze Plunder im Vorgarten ist verschwunden. Alles ist wieder im Urzustand, als wäre ein riesiger Berg Schnee einfach über Nacht weggeschmolzen. Torsten muss seinen Krempel gestern noch abgeholt haben. Nur der blöde Buddha liegt noch da. Kopflos, unter dem Gebüsch. Sie sammelt die Bruchstücke zusammen und entsorgt die Reste in der Mülltonne. Mit winkenden Zaunpfählen versucht ihr das Schicksal offenbar klarzumachen, jetzt wirklich, wirklich, wirklich in den Urlaub abzuzwitschern. Auch ihr Serotoninspiegel, mit dem sie seit gestern eigentlich nur noch schriftlich und per Sie korrespondiert, meldet sich gut gelaunt aus seiner Abstinenz zurück. Man kann es nicht anders sagen, bei Lea ist gerade alles wieder – pardon: in Buddha.

ZWEITER TEIL

Kapitel 6

Die erste große Urlaubsfreude überkommt Lea bereits, als sie im Abflugbereich durch die Duty-free-Anlage pflügt. Sich hier großzügig mit exakt den Parfums einzunebeln, deren Kauf sie nicht mal im Entferntesten beabsichtigt, hat aus ihrer Sicht etwas Raffiniertes. So ähnlich wie Diebstahl, nur erlaubt. Dabei gilt es, die billigen Düfte in den Grabbelbottichen und Außenbezirken tunlichst zu vermeiden, um genug Hautpartien für die Luxuswaren von Chanel und Hermès zur Verfügung zu haben. Bloß kein Hugo-Boss- oder Calvin-Klein-Zeugs, denn damit riecht man eher nach Pubertäts-Verzweiflung als nach einem mondänen Wesen. Die Proben für Cremes hingegen sind aus hygienischen Gründen zu meiden, insbesondere diejenigen, bei denen sich am Spender ein ohrenschmalzartiger Pfropf alten Cremebestands befindet. So was Unästhetisches verdirbt sofort die Lust aufs Gratiseinschmieren – mal ganz abgesehen von den verschiedenen Pilzkulturen und Herpesviren, die man sich da gleich mit auf die empfindliche Gesichtshaut appliziert. Als schließlich jede vorzeigbare Hautpore von Lea mit irgendeinem Duft benetzt ist und der Geruchssinn längst tot in der Ecke liegt, geht es weiter zum Zeitschriftenhandel. Hier blättert sie nun hemmungslos in all jenen Magazinen, die sie sich sonst nicht mal als Gratisexemplar in der Fußgängerzone aufschwatzen ließe. Die redaktionellen Beiträge dieser Psycho-Zeitschriften, Eso-Lifestyle-Blätter und Landfluchtfantastereien sind für Lea auch ähnlich interessant wie das Quilten von Zierdeckchen. Sie greift dennoch eines der Achtsamkeits-Magazine heraus, blättert ein wenig darin und bleibt schließlich amüsiert auf den Ratgeberseiten hängen. In bester BRAVO-Manier versucht hier eine durchaus kluge Frau namens Dr. Evelyn Baumann die hanebüchensten Anfragen ihrer Leserschaft zu beantworten. Ob Eigenurin-Therapien oder die positive Heilwirkung mundgeblasener Erweckungskugeln aus der Inneren Mongolei – Dr. Evelyn Baumann weiß Rat. Torsten wäre bestimmt auch ein dankbarer Leser dieses Schwachsinns, denkt sich Lea und wirft die Zeitung mit einem leichten Schauer zurück auf den Stapel.

Wenig später sitzen Lea, Paul, Yacin und Mo in den Sesseln am Flugsteig und warten aufs Boarding. Lea umgibt dabei eine heftige Duftwolke aus den unterschiedlichsten Parfumproben, weswegen sich die Männer neben ihr bereits mit dem Flugticket frische Luft zufächeln. »Lea, Schatz. Du sollst die Männer betören, nicht betäuben!«, murrt Yacin. Die Situation erinnert sie im Übrigen an ein Date, noch lange vor Pauls Zeiten, als sie mit einem Typen für das erste Kennenlernen ausgerechnet in einen Wildpark gegangen war. Der Mann trug dabei ein stinkendes Parfum, das einige Tiere schier in Ekstase versetzte oder in Aggression, so richtig konnte Lea das damals nicht deuten. Zum Schluss auf der Streichelwiese jedenfalls stürzte plötzlich in vollem Galopp ein Ziegenbock auf Leas Begleiter zu und jagte ihn samt heftiger Hörnerstöße kreuz und quer durchs Gehege. Der arme Mann wusste sich letztlich nur noch mit einem beherzten Sprung in den vollgeschissenen Ententeich zu retten. Der Ziegenbock war ein regelrechtes Menetekel, denn wenig später stellte sich heraus, dass der Typ in einen unrettbaren Verschwörungslifestyle verstrickt war. Hätte sie doch auch mal Torsten dem Ziegenbock vorgestellt, dann wäre ihr vielleicht so einiges erspart geblieben …

Hinter ihnen werfen sich jetzt zwei Mädchen mit bauchfreien Glitzershirts in die Sitze.

»Oh, du meine Güte, Tamara!«, ruft die eine zur anderen, »du siehst voll scheiße geil aus! Komm, wir machen Selfie zusammen. So beste Freundinnen!«

»Au ja, wie vietnamesische Zwillinge.«

Das Handy wird in Stellung gebracht, Entenschnute gezogen und dann, klick, klick, klick, der Auslöser gedrückt.

»Oah, wie todessüß wir aussehen.«

»Wie Germany's next Topmodel, ich übertreibe nicht.«

Paul, Yacin und Mo gucken sich an wie verschreckte Erdmännchen. Sie greifen instinktiv in ihre Rucksäcke, setzen ihre satellitenschüsselgroßen Kopfhörer auf und beamen sich kollektiv in den Spotify-Kosmos. Lea kann das Geschnatter der Mädels wunderbar ausblenden, ein Skill, den man sich als Mutter wohl zwangsläufig aneignet. Und so beobachtet sie in aller Ruhe weiter den Menschenzoo um sie herum, lauscht den betrüblichen Vollkasko-Dialogen gefühlserstarrter Eheleute und verfolgt, wie ein ADHS-Kind die wartenden Fluggäste mit Ton-Granulat aus den Blumentöpfen bewirft. Dann stöckelt in maßgeschneiderten Anzügen und Wir-sind-die-Geilsten-Schritt die Flugzeug-Crew vorbei, wenig später ist das Flugzeug dann auch schon zum Einsteigen bereit. Wer aber nun glaubt, dass sich die Mitreisenden ruhig und gesittet aufstellen, hat noch nie gesehen, was passiert, wenn man eine blutige Fleischkeule in ein Becken voll Piranhas wirft. Doch nach barbarischem Gedränge und energischem Ellenbogeneinsatz sitzen Lea, Paul, Yacin und Mo kurze Zeit später im Flieger auf ihren Plätzen. Sie lassen das ganze »Willkommen an Board«-Gequatsche über sich ergehen, bis endlich der Schub einsetzt, das Geschirr klappert … und das Flugzeug abhebt. Mütter und Feta: Ab nach Griechenland!

Sie landen überpünktlich, und die Stimmung ist synchron zum griechischen Wetter einfach nur prächtig! Maßgeschneiderte Wolken am Himmel, ein warmer Wind, und das Meer glitzert wie eine Discokugel. Nach einer kurzen Transferfahrt zum Schiffsanleger geht es gleich mit dem Hotelboot weiter Richtung Hyakinthos. Nach einer Stunde zeichnet sich am Horizont endlich ein kleiner Flecken Land ab. Wie ein Sahnebaiser mitten in das Türkis des Meeres hineingetupft, das ist Hyakinthos. Je näher sie der Insel kommen, umso überraschter ist Lea. Es wirkt, als sei das Resort wie eine zweistöckige Torte aufgebaut: unten der Schiffsanleger, zahlreiche Strandbungalows, schattige Palmen und eine Strandbar. Oben, auf dem Hochplateau, eine riesige Sonnenterrasse, in deren Mitte ein hübsches Restaurant thront. Links daneben befindet sich der Infinitypool und ein kleines Café. Rechts ist die Rezeption, und seitlich am Hang liegen aneinandergereiht wie Perlen an der Schnur luxuriöse, weiß-blaue Meerblickvillen. Lea kann sich einen Glücksseufzer nicht verkneifen. Das Schiff legt an, sie springen an Land und werden sogleich im Hotelbuggy mitsamt Gepäck nach oben zur Rezeption gefahren. Lea fallen die vielen gepflegten Blumenbeete am Wegesrand auf, dazu rauschen die Olivenbäume, und ein leichter Duft von Feigen weht ihr um die Nase. Oben angekommen bietet sich ein sagenhaftes Panorama: der Horizont, wie mit der Axt geschlagen, das Meer wie im Bilderbuch, dazu mediterranes Zirpen aus dem Gebüsch und leise Lounge-Musik im Hintergrund. Hier hat sich wirklich alles in Schale geworfen: das Hotel, die Landschaft, das Wetter. Obendrein erfahren sie an der Rezeption, dass sie ein kostenloses Upgrade auf eine Meerblickvilla bekommen haben. Happyleptischer Anfall vom Feinsten. Statt hübschem Strandbungalow gibt es jetzt eine Luxusvilla mit großem Balkon und einem sagenhaften Blick über das Meer. Das Interieur der Villa ist so edel ausgestattet, dass Lea sich kaum traut, irgendetwas anzufassen. Ein helles, modernes Bad, ein riesiges Wohnzimmer mit einer ausladenden Couch, stilvolle Möbel, frische Blumen, Obstteller und ein handgeschriebener Willkommensbrief. Lea hat sogar ein eigenes Schlafzimmer. Sie bekommt zwar das kleinste Zimmer der Villa, aber das macht ihr überhaupt nichts aus. Angesichts der Tatsache, dass die Männer keine fünf Minuten brauchten, um sich darüber zu streiten, wer mit wem in einem Bett schläft, ist Lea sehr froh über ihr Refugium. So klein ihr Zimmer auch ist, so groß ist dafür der begehbare Kleiderschrank. Würde man hier ein Klo einbauen, könnte man glatt untervermieten. Während also bei den Jungs die Fetzen fliegen, packt Lea ihre Sachen aus, macht sich schnell frisch und schreitet schließlich in einem schicken Sommerdress nach draußen auf den Balkon. Sie fühlt sich wie ein Hollywoodstar, und genau dazu passt auch ihr offizieller Urlaubsplan: Flirten, balzen und Spaß haben. Also, Männer: Zieht euch warm an … oder am besten gleich aus!

Nach der ersten Hotel- und Inselbesichtigung ist Lea völlig von den Socken. Was ihr sofort auffällt: In diesem Resort gibt es einen krassen Männerüberschuss. Diese Tatsache allein wäre jetzt eher semi-interessant, denn

Männerüberschuss gibt es ja auch in DAX-Vorständen, Gemischt-Saunen und im Wartezimmer vom Urologen. Aber kombiniert mit ihren gefestigten Flirt- und Kopulationsabsichten ist das eine verdammt gute Nachricht. Die wenigen Frauen, die hier im Resort als Konkurrenz herumspringen, kann Lea jedenfalls locker ausblenden. Und die paar eindeutig schwulen Urlauber auch. So bleiben trotzdem noch jede Menge Typen für sie übrig, und allein hier am Pool gibt es schon äußerst ansehnliche Exemplare: gut durchtrainiert, mit aktuellen Fußballerfrisuren und Tattoos, die nicht nach Knaststempel aussehen, sondern irgendwie nach Kunst. Lea tut so, als würde sie die tolle Aussicht genießen, starrt aber unentwegt durch ihre Sonnenbrille auf die hübschen Männer vor ihr im Wasser. Ein bisschen kommt sie sich vor wie eine Psychopathin, die streng bedürftig in der Herrenumkleide des Sportvereins herumspannert, um endlich mal wieder Frischfleisch zu sehen. Aber hey, es ist Urlaub, sie ist Single, da darf man so was. Einige haben es mit den Muckis aber krass übertrieben und sehen eher aus wie Eiweißcontainer auf zwei Beinen. Doch was nützen zweihundert Watt in den Armen, wenn im Oberstübchen kein Licht brennt. So ein Paradestück hat Lea ja gerade erst in den Wind geschossen. Das Gegenteil ist aber genauso schlimm: Wenn jemand zwar seitenweise Goethes Faust rezitieren kann, dann aber zu doof ist, den Router anzuschließen oder ein Regal an die Wand zu kloppen. Einigen Kerlen hier wären aber weder Goethes Verse noch das Beheben eines Internetproblems zuzutrauen. Kerle, die ständig um ihre Frisur besorgt sind, pausenlos ins Smartphone starren und Selfies für Instagram machen. Lea ist zwar auch Teil dieses sozialen Netzwerks, nutzt den Zeitfresser aber nur selten. Denn für sie ist Berühmtsein auf Instagram wie Reichsein bei Monopoly: völlig egal.

»Ey, bist du nur zum Glotzen da?«

Lea zuckt zusammen. Neben ihr steht ein hühnerbrüstiger Typ mit dünnem Bartflaum, enger Badehose und bemerkenswerten Proll-Genen.

»Herzchen, geh spielen!«, sagt Lea barsch und macht eine abfällige Handbewegung, als würde sie eine Fliege vertreiben. Ihre Worte zeigen jedoch keinerlei Wirkung, der Typ bleibt einfach neben ihr stehen. Mit krummen Beinen wie zwei Selbstgedrehte.

»Können alte Tussen wie du nicht irgendwo anders Urlaub machen und uns zumindest hier mal in Ruhe lassen?«, setzt er nach.

Moment mal, ist dieser Mistkäfer jetzt allen Ernstes vorbeigekommen, um ihr mitzuteilen, dass er sich an ihrem Frausein oder an ihrem Alter stört? Seine Kumpels kichern blöd von den Sonnenliegen herüber. Zugegeben, es ist ja in der Tat schräg, dass sie hier am Rande eines Erfrischungstümpels hockt und einer Rotte Männer beim Planschen zusieht. Andererseits wird sie als Frau auch permanent angeglotzt, aber wehe, man macht das Gleiche mal bei Männern, da regen sich die Typen gleich auf.

»Hör mal zu, du Würstchen!«, antwortet Lea bissig. »Du verschwindest jetzt wieder ganz fix zu deinen Kichererbsen da hinten auf die Sonnenliegen, und wir vergessen das Ganze einfach, okay?«

»Was redest du, Mutti? Wir wollen hier unter uns sein. Geh woanders hin. Ins Altersheim oder so!«

Mit diesen Worten dreht er sich um, aber Lea ist gerade noch schnell genug, um geistesgegenwärtig von hinten seinen Badehosenbund zu greifen. Der Stoff spannt sich dramatisch auf und wird zu einem regelrechten Geschoss in ihren Händen.

»Ey, Finger weg!«, kreischt der Vogel und versucht sich nun durch Drehen und Strampeln aus dem Griff zu befreien. Seine Kumpels biegen sich vor Lachen und zücken die Handykameras ... so viel zur viel beschworenen Männer-Solidarität.

Lea hält den Hosenbund weiterhin fest in der Hand. »Weißt du, was ich dir mal empfehlen würde?«, sagt sie. »Ein Praktikum beim Klempner. Gas, Wasser, Scheiße, das wäre genau das Richtige für dich, um mal etwas Demut zu lernen.«

»Was laberst du? Lass mich endlich los!«

»Bei deinem Praktikum würde sich die Meisterin um Gas und Wasser kümmern, und du, du wärst für Scheiße zuständig!« Mit diesen Worten lässt sie die Badehose los, und der Stoff knallt ihm mit einem lauten Klatscher auf den Hintern. Wild fluchend sucht er das Weite, während Lea ihre Sonnenbrille zurechtrückt und sich kurz sammelt. Eigentlich stehen ja heute Ankommen, Reset und Entspannung auf dem Programm und nicht das Erziehen irgendwelcher Clearasil-Gesichter. Sie beschließt, den Rückzug anzutreten, um jedwedem Ärger aus dem Wege zu gehen. Ihr frei verfügbares Streitpensum ist für diesen Monat sowieso schon aufgebraucht. So packt Lea ihre Sachen, schlendert zum Meer hinunter und muss sich selbst daran erinnern, dass sie sich in einer labilen Phase befindet. Eigentlich müsste sie jetzt ganz viel nachdenken, verzweifeln und rumheulen. Aber ihr Leben fühlt sich überhaupt nicht danach an. Es gibt gerade gar keinen Grund und erst recht keinen Platz für Liebeskummer und Genöle, sondern nur die große Lust, das Beste aus diesem Urlaub zu machen. Was immer das auch ist.

Kapitel 7

Als der Himmel Farbtöne annimmt, die Flamingo, Blutorange oder Aubergine heißen könnten, gehen Lea, Paul, Yacin und Mo gemeinsam zum Abendessen. Bei den Männern ist es schließlich doch noch zu einer gütlichen Einigung bei der Zimmer- und Bettenverteilung gekommen, sodass die atmosphärischen Gewitterwolken sich wieder verzogen haben. Das ist auch eine hilfreiche Voraussetzung, um morgen einigermaßen harmonisch mit dem Love-Coaching zu starten. Lea schreitet in ihrer Sommer-Chino und hellblauer Bluse auf die Terrasse, Paul mit hochgekrempeltem weißem Hemd und grauer Weste, Yacin mit buntem Hitchcock-T-Shirt und Mo elegant wie immer im schwarzen Hemd. Sie werden im Restaurant schon erwartet und nehmen sogleich an einem hübsch dekorierten Tisch Platz. Um sie herum brennen Fackeln, man hört das Meer rauschen und die Grillen zirpen. Greece: twelve points, Grèce: douze points. Durch das stimmungsvolle Ambiente ist es in den ersten Minuten geradezu andächtig still am Tisch, bis die Speisekarten gebracht werden und die Runde zu bewährter Gesprächigkeit zurückfindet.

»Leute, ich bin am Überlegen, mal Austern als Vorspeise zu probieren«, sagt Lea. »Ich habe noch nie welche gegessen und weiß gar nicht, wie die schmecken.«

»Zieh einfach die Nase hoch, dann weißt du's!«, antwortet Mo und grinst.

»Und was ist Arakas laderos kokkinistos?«, fragt Yacin. »Nicht dass ich mir als Vegetarier gleich Kniescheibengeschnetzeltes vom Pandabären bestelle.« Auf Pauls Handzeichen kommt der Kellner zum Tisch und liefert sogleich die Erklärungen zu den Gerichten. Dann nimmt er die Bestellung auf, schenkt Mineralwasser ein und serviert frisch gebackenes Brot. Während nun allesamt Brothälften in Olivenöl tunken und dazu die köstlichen Aufstriche probieren, berichtet Paul vom ersten, kurzen Kennenlernen mit dem Beziehungscoach heute.

»Was genau wollt ihr da eigentlich klären?«, fragt Lea kauend.

»Wir wollen abchecken, wie wir harmonischer zusammenleben können«, erläutert Yacin.

»Und dazu braucht ihr einen Coach? Das hättet ihr doch auch bei einer Flasche Rotwein am Küchentisch klären können.«

»Lea, glaub mir, so viel Wein ist auf der ganzen Welt nicht vorrätig«, sagt Paul. »Eine Beziehung zu dritt ist kein Wattepusten. Wir stehen alle an einem Punkt, wo wir uns tief in die Augen schauen müssen, um klar zu regeln, wie wir weitermachen. Deswegen brauchen wir Vereinbarungen und Spielregeln.«

»So mit Paragraf zwei, Absatz vier und so?«, fragt Lea und steckt sich einen ölgetränkten Brotbissen in den Mund.

»Exakt, wir erarbeiten einen Beziehungsvertrag! Was sind die Wünsche und Bedürfnisse eines jeden, und können die anderen darauf eingehen?«

Irgendwie fühlt sich Lea ertappt. Denn genau diese Fragen hätte sie mit Torsten auch mal diskutieren müssen.

»Am Ende des Urlaubs haben wir einen verbindlichen Vertrag ausgehandelt, den jeder von uns unterschreibt und sich so zu allen Rechten und Pflichten in unserer Beziehung bekennt«, sagt Paul, dessen juristischer Background mal wieder voll durchschlägt.

»Jungs, was soll ich sagen? Ihr macht es genau richtig. So ein Coaching wäre für mich und Torsten sicher auch das Beste gewesen.«

»Nein! Auf keinen Fall!«, donnert es unisono zurück.

»Warum nicht?«

»Glaub mir, Liebes. Bei manchen Sachen ist es besser, wenn sie zerbrechen. Das gilt für hässliches Porzellan genauso wie für deine Beziehung mit Torsten«, sagt Yacin.

»Hmm, vielleicht habt ihr recht. Und wisst ihr, was? Genau deswegen lasse ich ab morgen hier im Club die Kuh fliegen!«, verkündet Lea stolz. »Bei diesem fantastischen Männerangebot hat mein Singledasein wirklich nur Vorteile!«

Sie starrt in verhaltene Gesichter. Paul hüstelt. »Du willst dir hier einen Mann aufreißen?«

»Ja klar! Was seid ihr denn für Spießer? Ihr habt doch selbst gesagt, dass ich nach der Pleite mit Torsten auf andere Gedanken kommen soll. Und da wollte ich eben mal was Neues ausprobieren.«

»Wenn dir das den Kick gibt, bitte! Irgendwas Notgeiles wirst du hier auf der Insel schon finden«, sagt Yacin.

»Etwas mehr Respekt, bitte! Ihr habt euer Love-Seminar und ich mein frisch ausgerufenes Love-Projekt!«

»Gönn dir!«, sagt Mo und grinst.

»Gönndia? Was soll das denn sein?«

»Gönn dir! Das sagen die Freaks bei mir in der Werbeagentur immer.«

Lea verzieht das Gesicht. »Das klingt eher wie eine Mutter, die ihre Kinder im Stadtpark anschreit: Ey,

Gönndia und Gonorrhö, hört sofort auf, die Tauben wegzuböllern! Und Finger weg von den Kippen.«

In diesem Moment wird der »Gruß aus der Küche« serviert: Griechische Zucchinibällchen für die Vegetarier und ein hübsch dekorierter Löffel mit einem zarten Stück Fleisch für die anderen. Es schmeckt herrlich. Beim Abräumen fragt Paul den freundlichen Kellner beiläufig, um was für ein vorzügliches Fleisch es sich denn auf dem Löffel handelte. Allen stockt der Atem: Es war Taube, eine Delikatesse. Na, wenn Gönndia und Gonorrhö da mal nicht ihre Finger im Spiel hatten.

Kapitel 8

Es ist endlich so weit: Heute wird das Singlesein richtig ausgekostet. Da kann sich jede flirtige Grabbel-Show im Fernsehen noch mal ein Scheibchen von Lea abschneiden! Zweifel? Weg damit. Heute ist Ichgeilheit angesagt. Denn was soll schon schiefgehen? Lea hat hervorragend in ihrer Luxuskoje geschlafen, ihren Morgenkaffee in der Sonne auf dem Balkon getrunken und dabei die traumhafte Aussicht genossen. Die Jungs waren schon früh weg, um pünktlich bei ihrem Love-Coaching zu sein. So hatte Lea die ganze Bude heute morgen nach dem Aufstehen für sich.

Frisch wie ein Frühlingsgefühl schlendert sie nun in einem weißen Sommerkleid zum Frühstücksbüfett, und da geht es schon gleich los. Zahlreiche Männerköpfe drehen sich nach ihr um, als sie amazonengleich an den Tischen vorbeifliegt. *Bachelorette*-Feeling pur!!! Das Schicksal hat es wohl endlich mal gut mit ihr gemeint. Einige Typen nicken Lea freundlich zu, andere grüßen sogar oder tuscheln mit vorgehaltener Hand. Auch das Personal ist überaus zuvorkommend, als Lea sich am Büfett mit frischen Früchten, griechischem Joghurt, Müsli, Brot und Käse versorgt. Sie spürt förmlich die Blicke der Männer im Rücken, und yes, es ist ein gutes Gefühl. Sie scherzt ein wenig mit den Gästen, wünscht hier und da einen guten Morgen, versprüht großzügig ihre Pheromone, bis sie schließlich ihren Teller elegant zu einem kleinen Tisch im Schatten balanciert. Von hier aus hat sie alles wunderbar im Blick. Denn jeder, der nun zum Büfett will, muss zwangsläufig an ihr vorbei. Die Kellnerin serviert ihr Spiegelei, bringt frischen Orangensaft, grünen Tee und zwei Tageszeitungen zum Tisch. Ohne zu zögern, greift Lea zum verpönten Boulevardblatt und startet munter mit der Lektüre. Belustigt über die niveausuchende Berichterstattung, isst Lea ihr Müsli, bis auf einmal Mann Nummer eins an ihrem Tisch steht und grinst. »So eine hübsche Frau wie du liest so ein Klatschblatt? Das hätte ich nicht erwartet!«

Lea schaut über den Rand der Zeitung. Vor ihr steht ein blonder Typ mit akkurat gestyltem Vollbart, hübschem Lächeln und sportlich trainiertem Körper wie aus dem Genlabor. Sofort schaltet sie ihren Flirtmodus ein.

»Keine Sorge, das Einzige, was ich dieser Zeitung glaube, ist das Horoskop«, antwortet sie und grinst. »Nimm doch Platz, wenn du magst. Dann sage ich dir, was die Sterne für dich heute bereithalten. Ich bin übrigens Lea ... und Jungfrau ... also vom Sternzeichen.«

Gut gelaunt stellt Mann Nummer eins seinen Teller ab, nimmt Platz und winkt zu seiner Begleitung, die etliche Tische weiter sitzt. »Für das Omelett kann ich bleiben, dann muss ich aber wieder rüber«, sagt er.

»Klar, ganz wie du willst. Also, dein Sternzeichen?«

»Widder!«

Lea sucht mit dem Zeigefinger in der Tabelle das passende Symbol. »Hier! Widder: Ihnen wird heute etwas sehr Positives widerfahren.«

»Das war's schon? Steht da auch, was das Positive sein soll? Covid? HIV? Oder wirklich was Positives, wie Millionär oder so?«

»Sorry, dazu gibt's leider keine Info. Aber hier ist die Durchwahl vom Astrofon, die wissen bestimmt mehr. Soll ich dir die Nummer aufschreiben?«

»Nee, lass mal. Aber deine Handynummer würde mich interessieren«, sagt Mann Nummer eins mit einem Zwinkern. Lea merkt, wie sie rot anläuft, und sucht hektisch in ihrer Handtasche nach einem Kuli. Da aber weder Papier noch Servietten griffbereit sind, schnappt sie sich kurzerhand seinen Unterarm und notiert dort ihre Telefonnummer. Sie plaudern fröhlich weiter, vom ersten Omelett zum zweiten, bis irgendwann der Kumpel von Nummer eins am Tisch steht und eine riesige Szene macht. »Warum hast du mich sitzen lassen?«, fragt er. Lea versucht zu schlichten, die Schuld auf sich zu nehmen, doch der Typ hört überhaupt nicht zu und dampft beleidigt wieder ab. Dummerweise muss Mann Nummer eins nun hinterher. »Ich gehe später noch zum Beachvolleyball. Komm doch vorbei! Würde mich freuen«, sagt ihr Lieblingswidder, lächelt, dreht sich um, und Lea kann bei seinem Abgang wenigstens noch seinen knackigen Hintern bewundern. Sie merkt natürlich selbst, dass sie sich gerade in ein unemanzipiertes, dummes Klischee verwandelt. Sie, die erotisch leicht zu verführende Frau, die sich zu einem naiven Blödchen degradiert, all ihre Reife, Kompetenz und Grandezza zur Seite schiebt, nur um gockelhafte Typen anzuhimmeln. Für so ein Verhalten hat sie normalerweise nur Verachtung übrig, aber in diesem Moment tut ihr das einfach mal gut. Das ist wie Arztromane lesen oder *Dschungelcamp* gucken, da legt auch keiner Wert auf Würde und Anspruch – es macht zuweilen einfach nur Spaß.

Zum Schwelgen bleibt Lea aber keine Zeit, denn es nähert sich bereits Mann Nummer zwei: Adonis reloaded. Ein oberkörperfreies Testosteron-Monster, nicht nur braun, sondern kross! Den will Lea auf jeden Fall ansprechen. Fraglich ist, ob dieser Mann von Natur aus so glänzt oder ob er sich morgens in Babyöl wälzt, um seine Muskeln zum Strahlen zu bringen. Sein Körper jedenfalls ist beneidenswert definiert. Lea zückt schnell ihren Schminkspiegel, um zu überprüfen, ob noch alles sitzt, da steht er auch schon vor ihr. »Du siehst perfekt aus!«, piepst er, und Lea erschrickt. Hundertzwanzig Kilo Muskeln, aber eine Stimme wie Minnie Maus. Das hat man auch nicht alle Tage.

»Danke«, stammelt Lea etwas verlegen und lässt ihren Spiegel wieder in der Tasche verschwinden.

»Du benötigst nicht mal Botox, oder?«, fragt er. Leas Hirn braucht ein paar Sekündchen, um diesen bildhübschen Koloss mit der hochtourigen Fistelstimme zu synchronisieren.

»Also«, sagt Lea, »ich pflege zwar ein durchaus inniges Verhältnis zur pharmazeutischen Industrie, aber Botox: nein. So weit geht die Liebe dann doch nicht!«

»Beneidenswert. Ohne Botox würde mein Gesicht aussehen wie ein bolivianisches Berg-und-Tal-Panorama.«

Lea lacht, Adonis lacht – oder besser gesagt: quietscht.

»Sorry, ich weiß. Meine Stimme klingt wie 'ne Barbie mit Sprachmodul. Da ist schon jede Logopädin dran verzweifelt!«, giggelt er.

Hey, was für ein selbstironischer Typ! Lea ist begeistert. Viel zu häufig erlebt sie ja Männer, die alles persönlich nehmen und wegen jeder Kleinigkeit eingeschnappt sind. Umso mehr imponiert ihr Adonis, der die Größe hat, seine eigenen Schwächen einzugestehen. Selbstironie ist ja aus Leas Sicht sowieso die Königsklasse des Humors. So surfen die beiden weiter auf einer Wellenlänge, bestellen Tee, quatschen, lachen, und die Zeit vergeht wie im Flug, bis Mann Nummer zwei hektisch auf seine Armbanduhr blickt. »Ach du liebes bisschen. Ich muss los. Ich gebe heute um 15 Uhr eine Single-Sommer-Yoga-Stunde. Du bist herzlich eingeladen, wenn du kommen magst«, sagt er.

»Oh, gerne! Darf ich denn meinen herabschauenden Hund und meine Kobra mitbringen?«

»Alles, was du willst!«, sagt er grinsend, winkt und schwebt durch die Stuhlreihen davon.

Lea sitzt da, das Kinn auf die Hand gestützt, und seufzt. Was für ein toller Mann! Wenn sie so einen nur früher kennengelernt hätte, dann wären ihr die ganzen Strapazen mit Torsten sicher erspart geblieben.

Sie kann kaum durchatmen, denn Mann Nummer drei steht schon in den Startlöchern: Ein griechischer Hüne mit strahlendem Lächeln, schulterlangem Haar und ordentlich Kroketten in den Pants.

»Hi, mein Name ist Demetrios. Darf ich mich kurz zu dir setzen?«, fragt er mit leichtem griechischem Akzent. Lea muss sich kurz sortieren. Dass sie so viele tolle Männer in so kurzer Zeit kennenlernt, damit hat sie nun nicht gerechnet. Sie streicht sich eine Haarsträhne aus dem Gesicht und knipst wieder ihren Flirtblick an. »Klar. Nimm Platz«, sagt sie und kommt sich vor wie beim Speeddating. »Ich bin Lea.« Er setzt sich ihr gegenüber, maximal wach und angeknipst, und sofort entsteht eine knisternde Verbindung zwischen ihnen, ganz ohne Worte. Sie guckt, er guckt. Sie lächelt, er lächelt. Es funkt und zischt an allen Enden, bis er in ein Lachen ausbricht und die flirrende Spannung charmant löst.

»Ich weiß nicht, wann ich das letzte Mal so schön mit einer Frau geflirtet habe«, sagt er und zeigt seine strahlend weißen Zähne. Lea überschlägt die Beine und atmet tief ein. Wow, wie Demetrios duftet. Am liebsten würde sie ihm die Klamotten vom Leib reißen und ihn wie ein Drogenspürhund beschnüffeln. »Ein Kompliment kann ich dir jetzt schon machen. Du riechst wahnsinnig gut.«

»Oh, wie nett. Danke. Das Parfum habe ich meinem Vater geklaut!«, sagt er grinsend.

»Echt? Dann hat der aber einen verdammt guten Geschmack.« Dazu fällt Lea eine kleine Anekdote aus ihrer Kindheit ein. »Ich habe auch mal heimlich das Parfum meines Vaters ausprobiert. Genauer gesagt war es Aftershave. Leider habe ich das allzu wörtlich genommen. Meine Güte, das Zeug brannte vielleicht am Hintern!«

»Du machst Witze!«

»Nein, wirklich! Ich konnte einen halben Tag nicht sitzen und habe eine Woche lang nach Bergamotte gerochen. Das Missgeschick konnte ich vor meiner Familie leider nicht geheim halten und werde bis heute damit aufgezogen!« Demetrios biegt sich vor Lachen, und so quatschen sie weiter über lustige Kindheitsgeschichten, Familienverwicklungen und Lebenspläne, bis ihr Mann Nummer drei blöderweise zu einem Massage-Termin muss. Lea hätte sich noch stundenlang weiter unterhalten können. Doch zum Abschied schlägt Demetrios vor, das Gespräch einfach am Abend beim Sundowner in seinem Strandbungalow fortzusetzen. Von seiner Terrasse aus habe man einen einzigartigen Blick über das Meer. Lea ist hellauf begeistert. In ihrer Hormonflut schafft sie es gerade noch, nach seiner Bungalow-Nummer zu fragen, ehe sie sich mit Küsschen rechts, Küsschen links voneinander verabschieden. Sie kann es kaum fassen. Lea hat ein Date! Wäre sie eine Comicfigur, hätte sie jetzt Herzchen in den Augen.

Viel Zeit zum Rumschwärmen bleibt aber nicht, denn bei Lea stehen nun Termine an. Als Erstes geht's zum Beachvolleyball, um die blonde Sportskanone wiederzutreffen. Danach zum Single-Yoga mit Adonis, und dann am frühen Abend folgt das Rendezvous mit Demetrios. So was nennt man wohl: Jackpot-Tag!

Kapitel 9

Es ist 17:45 Uhr, eine Viertelstunde vor Date. Lea trägt Unterwäsche, bei der das Ober- zum Unterteil passt. Sie hat außerdem einen ersten Bronze-Teint auf der Haut, trägt eine supersüße Tunika, dazu schicke Riemchensandalen, und die Frisur sitzt wie ’ne Eins. Beste Voraussetzungen also für ein absolutes Traumdate.

Dieser Tag wird eindeutig in ihre persönliche Hitliste eingehen. Wie ein Männermagnet ist sie nach dem Frühstück durch den Club geschwebt, begehrt wie eine bezahlbare Immobilie in Frankfurt am Main. Beim Beachvolleyball wurde sie von Mann Nummer eins auf Händen getragen – zugegeben, das war eher der Tatsache geschuldet, dass ihr ein Ball in die Magenkuhle geschmettert wurde und sie auf dem Spielfeld zusammensackte. So kam es zwischen ihnen immerhin zu intensivem Körperkontakt, was keine Absicht war, aber dennoch ein schöner Nebeneffekt. Ballspiele sind ja sowieso nicht so Leas Ding. Das fing schon früher im Sportunterricht an. Da hat sie sich beim Völkerball einfach mitten ins Feld gestellt und gewartet, bis sie der Ball möglichst hart am Kopf traf, um dann den Rest der Stunde »verletzt« auf dem Mattenwagen herumzulümmeln. Dieses Verhalten hat zwar nicht gerade zu einer Eins in Sport geführt, aber so hatte sie wenigstens ihre Ruhe. Das Ganze funktionierte im Übrigen auch wunderbar mit Kontaktlinsen, die sie gleich zu Beginn der Sportstunde irgendwo in der Umkleide auf dem Boden verlor, um sie dann mit der besten Freundin langwierig zu suchen. Dass Lea damals weder Kontaktlinsen noch Brille trug, ist bis zum Schluss keiner Lehrkraft aufgefallen.

Jedenfalls ging es nach dem Beachvolleyball dann direkt zum Yoga, wo sich Adonis – Mann Nummer zwei – nur um Lea kümmerte und ihr selbst bei Posen assistierte, in denen sie gar keiner Hilfe bedurfte. Es war trotzdem unheimlich erregend, seine Hände an Stellen zu spüren, die zuletzt von Torsten angefasst worden waren.

Und jetzt steht die top-romantische Krönung des Tages an: Ein Date mit Demetrios, im Sonnenuntergang. Bei pastellfarbenen, verschleierten Wolken und einem roten Gluthimmel. Mehr Kitsch geht nicht. Lea legt Paul, Mo und Yacin einen Zettel auf den Wohnzimmertisch, dass nicht auf sie gewartet werden müsse – weder zum Abendessen noch für die Nacht. Zwinker, zwinker.

Dann zieht sie los. Sie läuft den kleinen Kiesweg zur Rezeption entlang, winkt im Vorbeigehen der netten Hotelangestellten, schreitet am Restaurant vorbei und nimmt mit leichten Schritten den Weg hinab zum Strand. Pünktlich steht sie vor Demetrios' Bungalow und klopft an seine Tür.

»Herein«, ruft er, »die Tür ist offen.« Das Erste, was Lea sieht, als sie den Kopf durch die Tür steckt, ist ein attraktiver Hintern, der gerade im Badezimmer verschwindet. »Ich springe noch mal kurz unter die Dusche, bin gleich da!«, ruft Demetrios ihr zu. Wie einfühlsam von ihm, vor dem Sex noch mal zu duschen, damit sein Schweiß nicht gleich zu einer olfaktorischen Blutgrätsche wird. Sie streift ihr Kleid glatt und lässt den Blick interessiert durchs Zimmer schweifen. Der Bungalow ist genauso geschmackvoll eingerichtet wie ihre

Villa. Eine Kombination aus japanischem Zen-Retreat und dem Wartezimmer einer Münchner Zahnarztpraxis. Kunstdrucke von berühmten Impressionisten hängen über dem Sofa, und Lea fragt sich, wann die Öffentlichkeit endlich die Werke von Menet, Minet und Munet zu sehen bekommt, denn die Highlights von Manet und Monet kennt langsam jeder. Neben den Bildern befinden sich aber auch noch – oh, là, là – einige sehr aufreizende Männerfotografien an den Wänden. Tinder in Öl sozusagen. Ganz schön gewagt! Viel interessanter findet Lea aber den Stapel Bücher, der bei Demetrios auf dem Nachttisch liegt. Doch die Ausbeute ist enttäuschend. Griechische Fachliteratur, die ihr nicht nur sachlich, sondern auch sprachlich verschlossen bleibt. Gähn. Biografien von Politikern, deren Namen sie noch nie gehört hat – Doppelgähn. Dann auch noch Sachbücher über die Berechnung hydrostatischer Parabeln – Dreifachgähn! Was Bücher betrifft, scheinen Lea und Demetrios Lichtjahre auseinanderzuliegen. Sie ist ja mehr die Frau für Liebesromane und heitere Feierabend-Lektüre. Sie hat bis heute nicht verstanden, was daran verwerflich sein soll, anstatt mit Proust die verlorene Zeit zu suchen, sich lieber in die Wellen der seichten Unterhaltung zu stürzen. Selbst die tragischen Verwicklungen bei gängigen Soaps sind ja auch nichts anderes als ein typischer Dostojewski-Plot. Doch ein Buch vom Stapel weckt ihr Interesse: Die Gleichung der Liebe. Nicht dass sich Lea bis dato mit einem besonderen Interessensschwerpunkt für Mathematik hervorgetan hätte. Aber im Rechnen war sie immer sehr gut. Und wenn sich die Liebe tatsächlich berechnen ließe, könnte sie ja gleich mal ihre Chancen bei Demetrios ermitteln. So setzt sie sich auf sein Bett und beginnt zu lesen.

»Interessiert dich das?« Lea erschrickt. Demetrios steht im Türrahmen und trägt lediglich ein weißes Handtuch um die Hüften. Zum Dahinschmelzen.

»Meinst du das Buch oder den Mann vor mir?«

»Mathematik natürlich!«, sagt er grinsend.

»Klar, ich liebe Mathe! Satz des Pitagyros und so.«

Er lacht, zum Glück hat er den Witz verstanden. »Was du rausgesucht hast, ist ein absoluter Bestseller, hör mal zu!« Demetrios nimmt ihr das Buch aus der Hand und wirft sich neben sie bäuchlings aufs Bett. Er sucht eine Stelle im Text, die er sich sogar gelb angestrichen hat. Als er anfängt vorzulesen, prüft Lea ausgiebig seinen attraktiven Körper. Was für ein Hintern! Keine schlabberigen Aufbackbrötchen, sondern was Knackiges, Handfestes. Wie gerne würde sie jetzt mit den Fingerspitzen seinen Rücken entlangfahren und die kleinen Wassertropfen auf der Wirbelsäule einsammeln, wie früher, wo sie an tristen Herbsttagen als Kind auf der Fensterbank saß und mit dem Zeigefinger das Regentropfen-Wettrennen verfolgte.

»Lea, hörst du mir überhaupt zu?«, fragt Demetrios nach einiger Zeit und schaut über seine Schulter.

Was interessiert sie in diesem Moment theoretisches Mathematik-Geschwafel, wenn in ihrem Kopf ganz praktische Dinge vorgehen.

»Sorry, ich war kurz abgelenkt von deinem ...«, ihr Blick fällt auf ein zerrupftes Kuscheltier, versteckt unter dem Kopfkissen, »... von deinem süßen Kuschelding hier.« Sie nimmt das unkenntliche Stoffknäuel zur Hand und versucht zu entschlüsseln, um was für ein Wesen es sich handelt. Ein Schneeball? Ein Hase? Oder ein Alien?

»Oh, wie peinlich. Ja, das ist mein Kuschelhund«, sagt Demetrios und legt einen Finger in das Buch, offenbar in dem Ansinnen, gleich weiterzulesen. »Den habe ich zu meiner Geburt als Glücksbringer bekommen. Ihm geht leider das Fell aus, die Nähte platzen, aber der Schwanz ist noch dran.«

»Du, so ein Exemplar hatte ich auch zu Hause. Schenk ihm noch ein Netflix-Abo, eine Autowerkstatt, und nenn ihn Torsten, dann kennst du mein Schicksal.«

»Verstehe ich jetzt nicht ganz«, sagt er und legt seine Stirn in Falten.

Aber Lea winkt ab und ärgert sich, in diesem prickelnden Moment ihren bescheuerten Ex-Freund erwähnt zu haben.

»Sag mal, willst du eigentlich was trinken?«, fragt Demetrios.

»Sehr gerne. Aber vorher will ich was ganz anderes«, haucht sie. Das ist jetzt ihre Chance. Einsatz, anpacken, Zugriff! Sofort!

Demetrios dreht sich verwundert auf den Rücken, sie fasst seine Hüften und lässt sich über seinen Oberkörper gleiten. Eine Hand legt sie auf seine Brust, die andere berührt sanft seine Schläfe. Und da ist er wieder: sein magischer Duft. Der macht alles noch schlimmer, noch intensiver, noch dringender. Sie muss ihn jetzt küssen, ihn verführen und, was soll's, auch sofort mit ihm schlafen. So was hat sie zwar noch nie gemacht, aber irgendwann ist immer das erste Mal. Sie schließt die Augen und lässt ihre Lippen sanft über seine Wange gleiten, fährt abwärts zu seinem Hals, um sich dann mit sanften Küssen zu seinem Mund vorzutasten. Seine Lippen sind noch angespannt, das fühlt sie, und so leckt sie ihm sanft mit der Zungenspitze über den trockenen Mund. Als sie kurz blinzelt und die Augen öffnet, blickt sie in ein völlig versteinertes Gesicht. Stonehenge ist nichts dagegen. In einem *Tatort* hätte Demetrios jetzt problemlos die Rolle der Leiche spielen können. Von Verlangen, Wollust, Begierde ist nichts zu sehen.

Lea setzt sich auf und streicht sich das Haar aus dem Gesicht. »Sag mal, ist das dein erstes Mal, oder was ist los?«

»Ja ...«, stottert er unsicher. »Also, schon irgendwie ... das erste Mal ... Ich wollte es mal versuchen ...«

Na super, denkt sich Lea. Der Typ ist bestimmt Anfang dreißig und hat außer ein bisschen Masturbation noch keinen nennenswerten Sex gehabt? Meine Güte, da hatte sie in seinem Alter ja bereits eine bessere Bilanz. Nun könnte sie das Ganze wie eine gestrenge Nachhilfelehrerin steuern, könnte ihn dirigieren, wo er bitte was in welcher Intensität zu erledigen hat. Oder sie lässt es einfach bleiben, und sie kuscheln ein bisschen. Aber verdammt, sie ist ja nicht zum Kuscheln hergekommen. Also packt sie es an, streift sich mit einem gekonnten Griff die Tunika vom Leib und kommt im BH auf Demetrios zum Sitzen. »Versuchen wir es noch mal«, raunt Lea und beugt sich wieder hinunter, als er sie auf halbem Wege mit den Händen abfängt.

»Lea, stopp mal.«

Sie setzt sich wieder auf und wirft ihre Haargardine zurück. »Was sollen wir denn stoppen? Es ist ja noch gar nichts passiert!«

Er räuspert sich. »Dir ist schon klar, dass ich nicht auf Frauen stehe, oder?«

Jetzt wiederum könnte Lea beim Leichen-Casting mitmachen. »Wie bitte?«

»Hey, du bist eine wahnsinnig attraktive Frau. Sexy, schlau, witzig. Aber ich kann einfach keinen Sex mit Frauen haben. Sorry.«

»Und wieso sagst du das erst jetzt?«

»Ich wollte es noch mal ausprobieren, aber es geht einfach nicht. Sorry, echt nichts gegen dich.«

Blackout, Stecker, Absturz. Wie in Trance steigt Lea von Demetrios ab und fühlt sich, als sei sie gerade hundertmal auf der Kirmes Breakdance gefahren – diese rüttelnde Gehirnzentrifuge, die alle Eingeweide auf den Kopf stellt. Sie versucht die Contenance zu wahren, schlüpft hastig in Schuhe und Tunika, ehe sie rückwärts zur Tür geht, als müsse sie sich vor einem angriffslustigen Kampfhund in Sicherheit bringen.

»Lea, ist doch alles kein Ding. Ich mache uns eine Pulle auf, wir quatschen ein bisschen und gucken uns den Sonnenuntergang an«, schlägt Demetrios vor.

Lea schämt sich so sehr, dass sie nicht mal die Zähne auseinanderbekommt. An der Türschwelle angekommen, dreht sie sich blitzschnell um und rennt wie von einem Katapult abgeschossen über den Strand. Besser gesagt: flüchtet. Auf halbem Weg stolpert sie plötzlich und fliegt mit dem Gesicht voran in den Sand. Eine Riesenwolke stiebt auf. Sofort rappelt sie sich wieder auf die Beine und läuft und läuft und läuft. Weg hier, nur weg. Falls es jemanden gibt, der Erdlöcher verkauft, um darin zu verschwinden, Lea hätte jetzt gern eines. Sie zahlt in bar. Preis egal.

Mit hochrotem Kopf schießt sie am Restaurant vorbei, ihren Blick starr auf den Boden geheftet, als sie auf einmal Rufe wahrnimmt. Sie schaut hoch und sieht Yacin, der in einiger Entfernung winkt wie ein durchgedrehter Scheibenwischer. »Lea, huhu, hier sind wir!«

Eigentlich wollte sie sofort in die Villa, um sich zu verkriechen und die gesamte Welt zu verfluchen. Aber so ein bisschen mentales Aufbauprogramm von den Jungs wäre in ihrer Situation vielleicht gar nicht schlecht. So ändert sie die Route und steuert mit der

Grazie einer niedersächsischen Grünkohlkönigin zum Tisch ihrer Freunde.

»Liebes, was ist denn jetzt schon wieder passiert? Haben dich die bösen Kinder im Bim-Bam-Bino-Club mit Sand beworfen?«, fragt Yacin. Lea steht zwischen den glanzvoll gedeckten Tischen ... und rieselt. Sie sieht aus wie ein paniertes Schnitzel. Noch peinlicher ist, dass sie beim hektischen Anziehen der Tunika diese aus Versehen in der Unterhose eingeklemmt hat, sodass die ganze Zeit prominent ihr Po rausguckt. Kein Wunder, dass die Leute um sie herum blöd glotzen. In der Kategorie Blamieren hätte Lea heute definitiv das Bundesverdienstkreuz verdient. Nachdem sie die modische Ungeschicklichkeit wieder beseitigt hat, lässt sie sich auf den freien Stuhl am Tisch fallen und genehmigt sich zur Beruhigung erst mal einen großen Schluck von Pauls Gin Tonic. Dann erzählt sie aufgeregt von ihrem Date, der peinlichen Bettsituation, ihrer Flucht ... und blickt dabei in belustigte Gesichter. Mo und Yacin kichern wie Schüler im Sexualkundeunterricht, auch Paul grinst und beißt sich auf die Lippen.

»Leute, etwas mehr Einfühlungsvermögen hätte ich mir nach dieser Geschichte schon von euch gewünscht«, sagt sie. Die Männer gucken sich verstohlen an, versuchen krampfhaft ihr Lachen zu unterdrücken, bis sich keiner mehr halten kann. Sie brechen in einen regelrechten Lachanfall aus.

»Aphrodite und Aphrodieter«, brüllt Yacin und kann sich kaum mehr halten.

Lea findet das alles überhaupt nicht witzig. »Dein Spruch ist so alt, für den würde ich glatt in der U-Bahn aufstehen«, faucht sie schnippisch in Yacins Richtung und vernichtet zur Strafe seinen Mojito.

Als sich die Jungs wieder eingekriegt haben, wischt sich Yacin die Tränen aus den Augen und räuspert sich. Er setzt sich in seinem Stuhl auf, macht ein ernstes Gesicht, als müsse er ein Geständnis ablegen oder etwas äußerst Wichtiges sagen. So was wie: »Meine Inkontinenzeinlage ist rappelvoll« oder »Mein Fetisch ist Mett«. Schließlich fragt er: »Lea, du checkst schon, dass wir hier alle schwul sind, oder?«

Sie kräuselt die Stirn. »Was soll denn der Schwachsinn. Natürlich weiß ich, dass ihr schwul seid. Aber der Typ, von dem ich euch erzählt habe, dieser Demetrios …«

»Lea«, geht Paul dazwischen und greift behutsam ihre Hand, »in diesem Resort gibt es nur Schwule, verstehst du? Das ist ein Gay-Resort!«

Lea fliegt die Kinnlade runter. Man könnte ihr jetzt problemlos eine Erdnuss in den Mund werfen. Was? Nur Homos? Demetrios: homo. Adonis: homo. Der Krummbeinige vom Pool: homo. Und auch ihr süßer, blonder Beachvolleyballer: homo. Das darf doch alles nicht wahr sein!

»Ein Gay-Resort? Wieso hat mir das denn keiner gesagt?«

Wenn sie nicht schon da wäre, wäre sie jetzt definitiv reif für die Insel.

Kapitel 10

Als Frau auf einer Schwuleninsel, na bravo. Lea schlägt sich mit der flachen Hand an die Stirn. Wie blöd, wie Blöd, wie BLÖD konnte sie nur sein, nicht zu checken, in was für einem Hotel sie gelandet ist. Gerade sie, die nicht nur lauter schwule Freunde um sich hat, sondern auch noch einen schwulen Ehemann. Wie kann man nur so blind sein?! Sie kommt sich vor, als habe sie gerade mit Ohropax in den Ohren stundenlang die Wohnung gesaugt, aber leider vergessen, den Staubsauger anzustellen. Mit einem Mal wird ihr die beispiellose Naivität bewusst, mit der sie die ganze Zeit beschlagen war. Angefangen bei den fast ausschließlich männlichen Gästen im Resort, den vielen Männerfotografien an den Wänden und überhaupt das ganze augenzwinkernde Dekor. Der frivole Duschgel-Spender, der in Form eines Männertorsos seinen glitschigen Inhalt aus einer sehr pikanten Öffnung preisgibt. Die Salz-und-Pfeffer-Streuer, die zwei verhakte Männer beim Liebesspiel zeigen. Und das große Schild unten am Kai: »Hyakinthos, eine Insel, wo Mann sich wohlfühlt.« Gestern hat Lea noch über den vermeintlichen Rechtschreibfehler gelacht. Irgendwie fehlte in ihrer Brille der Realitätsfilter. Es gibt eben Menschen, die bestimmte Situationen schnell raffen, und andere, denen man einen Denkapparat umschnallen müsste. Lea wäre definitiv ein Fall für Letzteres.

Zeitgleich ist sie aber auch stinksauer auf die Jungs. Alle drei wussten, dass sich Lea in einem absolut hetenfreien Resort befindet, aber keiner hat es für nötig gehalten, sie über diese Tatsache zu informieren. Aus dieser neuen Perspektive betrachtet war ihr dauerbrünstiges Verhalten heute beim Frühstück und das ganze Geflirte mit den Typen ja einfach nur beschämend! Dass sie dann auch noch versucht hat, Demetrios zu verführen, ist in puncto Peinlichkeit eigentlich nicht mehr zu toppen. Vermutlich hatte sowieso schon jeder der Männer hier im Club ihre Naivität durchschaut und das Spiel nur aus Mitleid mitgespielt, damit die unbefriedigte Single-Else zumindest einmal für ein paar Stunden im Urlaub das Gefühl bekommt, höllisch attraktiv zu sein. Gegen das Resort an sich hat Lea nichts einzuwenden. Hier werden ja keine zügellosen Orgien gefeiert, keine befremdlichen Fetische vorgeführt oder unappetitliche Praktiken offen dargeboten. Es flimmern nicht mal visuelle Inspirationen für homosexuellen Geschlechtsverkehr über die Bildschirme, was eigentlich schade ist, denn anhand solcher Indizien wäre sie vielleicht etwas früher darauf gekommen, wo sie sich eigentlich befindet. Aber jetzt, wo sie weiß, wie das Publikum hier tickt, fühlt sie sich komplett fehl am Platz. Wie ein Mormone in einer Nymphomaninnen-Siedlung, so in etwa. Unter diesen Umständen kann sie natürlich keine Sekunde länger auf der Insel bleiben! Seitdem sie mit dem Picknickkorb im Arm vor Torstens Tuningwerkstatt zusammengebrochen ist, fühlt sie sich sowieso schon wie in einem schlechten Witz. Sie kann getrost darauf verzichten, jetzt auch noch ihren Urlaub als Pointe auf zwei Beinen zu verbringen.

Wütend läuft Lea in die Villa. Sie wirft ihren Koffer aufs Bett und feuert alle Klamotten aus den Schränken hinein. Wie eine Kehrmaschine fegt sie im Bad einmal über die Ablagefläche und fängt die hinabstürzenden Shampoos, Bürsten, Zahnpastatuben mit ihrem voluminösen Kulturbeutel auf. Der fliegt dann genauso achtlos in den Koffer wie Bücher, Schuhe und Sonnenhut. Nach dem eiligen Zusammenraffen ihrer Sachen knallt sie die Kofferschalen wie ein Pausenbrot zusammen, zieht am Reißverschluss, der sich aber dummerweise in einer Bluse verhakt. Nach einigen erfolglosen Versuchen, Bluse und Zipper vorsichtig voneinander zu lösen, reißt ihr der Geduldsfaden und sie rupft den Stoff heraus wie ein Büschel Unkraut. Ergebnis: Bluse zerfetzt, Reißverschluss kaputt. Egal, dann lässt sie das Biest eben im Flughafen rundum mit Plastikfolie einschweißen. Hauptsache, sie kommt hier weg! Lea zerrt den renitenten Koffer über den Kiesweg zur Rezeption, die, wie könnte es auch anders sein, nicht besetzt ist. Statt der üblichen Rezeptionsklingel steht hier ein Gong auf dem Tresen, der zwei knackigen Pobacken nachempfunden ist. Und die Form des Schlägels gleicht einem ... genau! Widerwillig nimmt sie das »Musikinstrument« in die Hand und drischt damit auf den Gong, sodass die goldenen Pobacken Cellulite bekommen. Sofort eilt ein Angestellter aus dem Büro herbei, und Lea tischt ihm die Lüge auf, dass ihre Schwiegermutter lebensbedrohlich erkrankt sei und sie daher dringend abreisen müsse. Doch es folgt die Ernüchterung: Heute, am Sonntag, gebe es leider keinen Transfer mehr zum Festland, teilt der Rezeptionist ihr mit. Und morgen sei ein Feiertag, da fahre bedauerlicherweise auch nichts. Der reguläre Schiffsverkehr zum Hafen starte erst übermorgen wieder, am Dienstag. Überfahrten seien dann aber wieder bis in die späten Abendstunden möglich.

»Soll das ein Witz sein? Ich komme erst in zwei Tagen von dieser Insel runter?«

Leas Blick erinnert an die Fotos der Taxifahrer, deren Ausweise vorn am Armaturenbrett kleben: Elektroschock-Miene, Psycho-Blick und Mörder-Visage.

»Na ja, es gibt noch eine andere Möglichkeit«, sagt der Rezeptionist mit einem Augenzwinkern. »Morgen am Feiertag findet unser Gay-Day-Ausflug nach Mykonos statt. Sie können einfach mitfahren, Spaß haben und von Mykonos aus versuchen, einen Rückflug zu nehmen.«

»Ich will keinen Gay Day!«, ruft Lea erzürnt. »Ich will jetzt von dieser Insel runter! Und zwar sofort!«

»Ich fürchte, das wird schwierig.«

»Und was ist, wenn es hier einen Notfall gibt oder jemand ärztliche Hilfe braucht? Wartet ihr dann auch auf den nächsten Gay Day?«

»Nein, dann gibt es natürlich Rettungsboote oder Hubschrauber.«

»Dann hätte ich jetzt gerne ein Rettungsboot. Oder den Hubschrauber!«

»Es tut mir wirklich leid, dass es ihrer Schwiegermutter so schlecht geht. Und ich kann auch verstehen, dass Sie schnellstmöglich zu ihr wollen. Aber bei Ihnen persönlich liegt kein dringender medizinischer Notfall vor.«

»Gucken Sie mich an: Ich bin ein Notfall! Ich kriege Burn-out, wenn ich noch eine Sekunde länger auf dieser Insel bleibe«, bricht es aus Lea heraus. »Außerdem müsste mein Haaransatz dringend nachgefärbt werden ... Mehr Notfall geht ja wohl nicht!«

Der Rezeptionist schüttelt den Kopf. »Das Einzige, was mir noch einfällt: Ich kann Ihnen ein Privatboot organisieren. Das kostet allerdings von hier bis zum Festland knapp tausend Euro.«

Lea schlägt mit der flachen Hand auf den Tresen. »Verdammt, es muss doch hier irgendwo eine Nussschale geben, die mich rüber zum Festland bringen kann. Was ist denn mit eurem Hotelboot?«

»Das ist leider defekt.«

»Dann soll halt wer von einer Nachbarinsel kommen. Irgendeine Möglichkeit muss es doch geben!«

»Schwimmen«, versucht der Rezeptionist einen Scherz, aber in Anbetracht von Leas Gewittermiene erstirbt sein Lächeln sofort. Er räuspert sich. »Soll ich das Privatboot für Sie anfragen? Ich kann versuchen, es gleich auf morgen 6 Uhr zu buchen.«

»Für tausend Euro ganz bestimmt nicht. Oder holt mich da George Clooney mit seiner Privatjacht ab?«

»Ich verstehe nicht ganz ...«

Doch Lea dreht sich einfach um, sie hat sowieso schon genug. Von ihrer schlechten Laune könnten jetzt elf Teenager drei Jahre lang pubertieren. Die Flucht aus dem Paradies ist jedenfalls vorerst gescheitert. Sie lässt ihren Koffer an der Rezeption stehen, stapft die kleine Straße hinunter zum Meer und brüllt sich dabei den Frust von der Seele. Sie läuft den Strand auf und ab, und als ihr Gemüt einigermaßen wieder im Lot ist, beschließt sie, ihren kläglichen Zustand an der Bar zu begießen. Hier ist der beste Ort, um seelische Niederlagen zu verarbeiten – oder wegzuspülen. Sie nimmt direkt am Tresen Platz, und auf die Frage des charmanten Barkeepers, was es denn für sie sein dürfte, antwortet Lea, ohne zu zögern: »Ein paar Heteros! Und ein Fluchtboot! Alternativ ginge auch ein Ufo, das mich von dieser verdammten Insel fortbringt.« Der Kellner nickt, werkelt hinter dem Tresen und stellt ihr schließlich ein Glas Milch auf den Bierdeckel. Lea guckt verwundert. Sie hat doch noch gar nichts bestellt.

»Hier, du Heulsuse! Soll ich dir die Milch noch warm machen und ein bisschen Honig reintun, oder geht's auch so?«

Lea muss lachen, obwohl sie es gar nicht will. »Mach mir bitte mal einen Drink, der die Stimmung hebt!«

»So schlimm?«, fragt er.

»Schlimmer!«

»In so einem Zustand hilft nur Pisco Sour.«

Lea hat zwar noch nie von diesem Drink gehört, aber wenn die Formel »Sauer macht lustig« stimmt, dann könnte das was werden. Doch als der Barkeeper ein Hühnerei aus der Pappschachtel nimmt, wird ihr doch mulmig zumute. Er bricht die Eierschale vor ihren Augen am Shaker-Rand, und das Eiweiß glibbert ins Glas. »Veralberst du mich jetzt wieder? Ich habe keinen Pfannkuchen bestellt, sondern dein Pisco-Zeug.«

Wenn Lea rohe Eier sieht, geht bei ihr sogleich die innere Warnsirene an. Sie hat umgehend die Stimme von Friederike im Ohr, ihrer soeben noch todkrank gelogenen Schwiegermutter, die mit bebender Stimme mahnt, niemals rohes Ei zu essen! Gleiches bei Softeis. Da sei eine Salmonellenvergiftung schon vorprogrammiert. Doch bevor Lea vom coolen Barkeeper erneut als Jammerlappen verspottet wird, beschließt sie, die Gefahr mit dem Ei einfach auf sich zu nehmen. In ihrem Zustand ist eine Salmonellenvergiftung auch schon egal. Und zack, steht das Getränk vor ihr. Eine paradiesische Versuchung in Hellgrün, die angenehm nach Limette und ein wenig nach Schnaps duftet. Mit Eierschaumkrone und Zimtstaub. Also hopp: rein damit. Und zu Leas Überraschung schmeckt der Drink ausgesprochen lecker.

Mit einem Mal stürzen Mo und Yacin in die Strandbar. Mo ist völlig außer Atem. »Lea, hier bist du! Wir haben dich schon überall gesucht.«

»Liebes, wir dachten, du hättest dir was angetan«, japst Yacin und stemmt sich zum Luftholen die Arme in die Seiten.

Nun kommt auch Paul angehechelt, mit Schweißperlen auf der Stirn. Er versucht Leas Stimmung zu taxieren, doch offensichtlich ist alles wieder im grünen Bereich. Ihr Drink hat ganze Arbeit geleistet.

»Dürfen wir uns zu dir setzen, oder willst du lieber allein sein?«, fragt Paul.

»Ich feiere gerade meine eigene Selbstmitleidsparty. Wenn ihr teilnehmen wollt, setzt euch.«

»Wir haben deinen Koffer an der Rezeption gesehen …«

»… und dachten, du hättest dir ein Fluchtboot organisiert.«

»Meine Flucht ist gescheitert«, sagt sie seufzend und süffelt weiter an ihrem Getränk. »Es ist leichter, durch den Geburtskanal zu kommen, als von dieser Insel zu flüchten.«

»Das heißt, du bleibst noch?«, fragt Paul.

»Sagen wir es so: Es bleibt mir nichts anderes übrig. Erst in zwei Tagen könnte ich hier regulär mit dem Schiff weg, dann bräuchte ich noch einen Rückflug …« Sie winkt ab. »Ich werde die restliche Zeit einfach hier absitzen, an meiner Midlife-Crisis schrauben und mich wahlweise an Liebeskummer, Trennungsschmerz oder an meinem Stimmungstief abarbeiten. Ich fang schon wieder an, Torsten zu vermissen.«

»Sorry, Lea, aber wir dachten echt, dir sei klar, wo wir Urlaub machen«, sagt Paul und bestellt beim Barkeeper für alle eine Runde von Leas mirakulösem Ei-Getränk.

»Woher sollte mir das denn klar sein?«

»Wir dachten, du hättest zu Hause mal gegoogelt oder dir das Resort im Internet angeschaut.«

»Wisst ihr, wie beschissen es mir nach dieser Trennung ging? Ich war völlig mit den Nerven runter. Da habe ich nix gegoogelt, sondern mich einfach nur auf euch verlassen.«

»Unter den Sexbomben bist du jedenfalls eindeutig der Blindgänger«, grinst Yacin.

»Brüller!«, antwortet Lea genervt. »Geh mal zur Empathie-Nachhilfe!«

»Hey, aber du bist doch zum Entspannen hier«, versucht Mo zu vermitteln. »Es kann dir doch völlig wurscht sein, welche Leute hier im Club abhängen.«

»Ich war aber nun mal auf Männerfang geeicht!«

»Liebes, du weißt ja gar nicht, was dich hier noch erwartet. Kann ja sein, dass du trotzdem jemanden aufreißt. Den Banana-Boat-Fahrer oder so.«

Lea zieht die Augenbraue hoch. »Das Einzige, was ich nach diesen Drinks mit rohem Ei aufreiße, ist die Klotür. Und ganz nebenbei: Hier gibt es kein Banana Boat, das habe ich schon gecheckt. Denn wenn es eins gäbe, wäre ich die Erste, die da draufsitzt.«

»Sieh es mal so«, sagt Paul und legt den Arm um Leas Schulter. »Ohne diese ganzen Umstände hätten wir vier niemals zusammen Urlaub gemacht.«

»Stimmt allerdings. Wobei ich das nicht mehr Urlaub nennen möchte, sondern Alkoholidays«, sagt Lea und schnippt gegen ihren Drink. »Wisst ihr, so langsam frage ich mich ernsthaft, was bei mir nicht stimmt. Stellt mir tausend Männer vor die Nase, und ich finde hundertprozentig den einen unter ihnen, der schwul ist.« Paul schaut ein wenig schuldbewusst, doch Lea streicht ihm beruhigend über den Arm. »Und dann checke ich noch nicht mal, dass ich in einem Gay Club bin. Das ist doch total irre. Vielleicht sollte ich mal mit jemandem reden, der sich damit auskennt. Dr. Freud oder so.«

»Sag mal, Liebes. Das wollte ich dich schon immer mal fragen: Warst du damals in der Schule eigentlich auch in mich verknallt und wusstest von Anfang an über mich Bescheid? Bei Romeo und Julia, weißte?«

Lea lacht laut auf. »Yacin, sei mir nicht böse, aber in dich war ich noch nie verknallt. Weder in der Theater-AG noch heute. Dieser Kelch ist ausnahmsweise mal an mir vorübergegangen ...«

In der zwölften Klasse haben Yacin und Lea die Hauptrollen in *Romeo und Julia* gespielt. Die beiden passten hervorragend zusammen, »wie Faust aufs Gretchen«, wie die Theaterlehrerin zu sagen pflegte. Der einzige Knackpunkt war, dass keinerlei knisternde Erotik zwischen Yacin und Lea auf der Bühne spürbar wurde. Die Zärtlichkeiten, die Blicke, das Verliebtsein, das blieb alles hölzern, krampfig und unecht. Wie Pfadfindergefummel. So hat Lea kurzerhand ein privates Knutschtraining nach der Sportstunde im Geräteraum arrangiert, wo Yacin auf einmal mit der Sprache rausrückte, schwul zu sein. Lea musste schwören, niemandem davon zu erzählen. Nicht, weil das Outing für Yacin peinlich war oder weil er sich vor Mobbing fürchtete, sondern weil er diesen Moment als einen unvergesslichen Eintrag in seiner Biografie feiern wollte. Er plante zudem ein mutiges Bekenntnis, mit maximaler Wirkung für Freunde und Familie. Die Aufführung wurde hinterher jedenfalls ein Riesenerfolg, und Lea ist bis heute davon überzeugt, dass der entscheidende Durchbruch daran lag, dass sie die Sache mit der flirrenden Sinnlichkeit auf der Bühne in die Hand nahm. Sie lieferte Knutschszenen ab, die nicht nur Yacin, sondern auch dem Publikum schier den Atem raubten. Kurz bevor der Vorhang fiel, rappelte sich Yacin als Romeo dann noch mal halb tot auf die Beine, taumelte an die Rampe und sagte sinngemäß die Worte: »Eigentlich ist doch egal, wer wen liebt. Ob Julia eine Julia oder Romeo einen Romeo. Deswegen, Leute: Ich bin schwul! Und Single! Also, falls ihr mich kennenlernen wollt, sagt Bescheid!« Dann sackte Romeo endgültig zusammen und starb. Vorhang, tosender Applaus, Schulgespräch für drei Monate. Immerhin hat Yacin über diesen Aufruf tatsächlich seinen ersten Freund kennengelernt und sogar eine dreijährige Beziehung mit ihm geführt. Dass das nun ausgerechnet sein Mathelehrer war, ist eine ganz eigene Geschichte.

»So, ihr Lieben, wir müssen noch anstoßen!«, ruft Paul auf seinem Barhocker und erhebt das Glas. »Wir haben nämlich heute bei unserem ersten Beziehungscoaching drei Paragrafen für den Love-Vertrag verabschiedet.«

»Schön, dass wenigstens euer Urlaub erfolgreich ist!«, sagt Lea und prostet den Jungs zu. »Und? Was steht in Paragraf eins?«

»Dass sexuelle Kontakte außerhalb der Beziehung tabu sind.«

»Na ja, das ist ja eine Selbstverständlichkeit, oder?«

»Nö, wieso?«, fragt Mo. »Wenn alle mit einer offenen Beziehung happy sind und das Zusammensein so besser läuft, warum nicht?«

»Sex-Outsourcing?«

»Klar, das kann hilfreich sein!«

»Aber nicht, wenn die anderen davon nichts wissen und plötzlich lustige Geschlechtskrankheiten haben«, erwidert Paul mit einem vielsagenden Blick. Am liebsten möchte Lea an dieser Stelle nachfragen, was sich denn da konkret zugetragen hat, sie hält sich aber dezent zurück. In die moralischen Verwicklungen des Topos Fremdgehen einzusteigen, ist ihr gerade ähnlich zuwider wie die Erörterung unappetitlicher dermatologischer Details. Als sie nämlich einmal bei der Hautärztin in einer Broschüre über Infektionen im Intimbereich geblättert hat, ist ihr derart schlecht geworden, dass sie die Ärztin daraufhin bat, statt Leberflecke zu begutachten, lieber einen Test auf alle gängigen Pilzerreger durchzuführen. Die Angst vor Hautkrebs wurde von der Besorgnis verdrängt, unbemerkt einen Scheidenpilz herumzutragen, der so groß ist, dass die Schlümpfe darin einziehen könnten.

»Okay, und was steht in Paragraf zwei?«, fragt Lea.

»Wer mit wem wie lange in einem Bett schläft. Hier im Urlaub und dann auch später zu Hause. Das auszudiskutieren hat den halben Tag gedauert!«

Lea macht ein erstauntes Gesicht. »Warum kauft ihr nicht einfach ein riesengroßes Bett und schlaft zu dritt darin?«

»Weil Paul schnarcht ...«

»... Mo mit den Zähnen knirscht ...«

»... und sich Yacin wälzt wie ein Hund.«

»Ich schlafe am liebsten mit allen zusammen eng aneinandergekuschelt«, sagt Paul.

»Ich aber nicht. Ich bin ja kein Pinguin.«

»Außerdem muss Paul immer links von mir liegen ...«

»... ich kann aber nur auf der rechten Seite schlafen ...«

»... da liegt aber mein Seitenschläferkissen ...«

Lea hebt beschwichtigend die Hände. »Danke, Leute! Ich hab's verstanden. Es ist multikompliziert. Und was ist jetzt eure Lösung?«

»Ein ausgetüftelter Wochenplan, der ganz genau regelt, wer wann wo mit wem im Bett schläft und wer wann wie lange allein schlafen muss. Willst du mal sehen? Ich habe das Flipchart abfotografiert«, sagt Yacin.

»Nee danke, klingt nach Mathematik, und davon hatte ich heute schon genug.« Sie leert ihr Glas und ist kurz davor, noch ein drittes zu bestellen, weicht dann aber lieber auf Mineralwasser aus. »So, dann bleibt ja nur noch einer übrig: Was besagt denn Paragraf drei?«

»Tja, liebe Lea. Da kommst du ins Spiel.«

Kapitel 11

Mist, warum hat sie bloß so penetrant nachgefragt? Anstatt sich genussvoll in ihrem eigenen Kummer zu suhlen, die Welt im Allgemeinen und die Männer im Speziellen zu verfluchen, hat sich Lea jetzt dummerweise dazu hinreißen lassen, ihre drei Reisegefährten bei der Erfüllung von Paragraf drei zu unterstützen: Mehr Zeit zu dritt. Der Coach hat angeordnet, dass in den folgenden Tagen alle Gruppenaktivitäten des Clubs ausnahmslos mitgemacht werden müssen. Lea soll dabei als stille Beobachterin ihre Eindrücke sammeln und diese in einer Sitzung darstellen, natürlich unter dem Primat gewaltfreier Kommunikation und unter Anwendung der vollständigen paartherapeutischen Gesprächsfolklore. Darauf hat sie natürlich genauso viel Bock wie auf eine raubeinig durchgeführte Darmspiegelung. Aber sie konnte die Bitten der drei einfach nicht abschlagen, und wer weiß, vielleicht sind die Aktivitäten ja in der Tat eine wohltuende Ablenkung von ihrer eigenen Misere. Denn die Probleme der anderen sind ja immer noch die schönsten.

Und so steht Lea am nächsten Morgen barfuß am Strand, schirmt mit der flachen Hand die Augen vor der Sonne ab und blickt zum Horizont. Draußen auf dem Meer ist laut Programmbeschreibung »Das unvergessliche Kanu-Adventure« in vollem Gange: Paul, Mo und Yacin befinden sich in zwei Hartplastikbooten und versuchen einen abgesteckten Parcours aus Bojen zu durchfahren. Allein das Drama gleich zu Beginn, wer jetzt mit wem im Zweierkanu und wer im Einzelkanu fährt, war filmreif. Typische Beziehungssituation, dachte sich Lea und zückte ihren mitgeführten Block und Stift, um sich ein paar Notizen zum Konfliktverhalten zu machen. Wer argumentiert sachlich, wer flippt gleich aus, wer wägt ab, und wer reagiert beleidigt? Aber nach zwei Minuten war klar, dass die Notizen nichts bringen. Alle drei verhielten sich wie cholerische Profisäufer mit Bluthochdruck. Mitten im Tohuwabohu gab Lea dann den entscheidenden Tipp, einfach bei jeweils einem Drittel der Strecke die Besatzung zu tauschen, sodass jeder mit jedem einmal im Zweierkanu fahren kann. Alle drei waren einverstanden und voll des Lobes, dass Lea imstande war, den gordischen Knoten zu durchschlagen. Eigentlich war es nur die Anwendung typischer Mütterdiplomatie. Denn was auf dem Kinderspielplatz funktioniert, geht in der Erwachsenenwelt erst recht.

»Diese Schwachköpfe«, schimpft der Kanuverleiher auf einmal und kommt polternd aus seinem Häuschen gelaufen. Lea bedauert es in diesem Moment, dass im Club fast alle deutsch sprechen. Sie hätte sonst einfach mit den Schultern zucken und so tun können, als verstünde sie nichts. Der Kanuverleiher regt sich nämlich immer noch darüber auf, dass Mo vorhin die Bootsspitze demoliert hat, als er den Kahn unwirsch ins Wasser stieß. »Wenn die jetzt auch noch eins meiner Kanus versenken, dann ist aber richtig was los!«, ruft er aufgebracht.

»Wieso? Was ist denn passiert?«

Er reicht Lea das Fernglas, und sie kann sich beim genaueren Blick auf die Männer ein Lachen nicht verkneifen. Auf offenem Meer sind Paul, Mo und Yacin gerade damit zugange, wie besprochen die Besatzung zu tauschen. Paul steht im Zweierboot, versucht auf dem wackeligen Untergrund das Gleichgewicht zu halten, fuchtelt wild mit den Armen und schafft es schließlich, einen Fuß hinüber zu Mo ins Einerkanu zu setzen. Durch diesen Stunt bewegen sich die Boote allerdings derart weit auseinander, dass sich Paul plötzlich in einem absurden Spagat befindet, dessen Dividende er vermutlich noch einige Tage später in der Hüfte spüren wird. Beingespreizt kann er die Pose nicht lange halten, stürzt ins Wasser, woraufhin das Zweierkanu einen derartigen Rückstoß erfährt, dass Yacin vor Schreck zwei Paddel ins Wasser fallen. Hektisch beugt er sich zur Seite, greift nach den Paddeln und kippt mitsamt dem Zweierkanu um. Er kann sich zum Glück schnell aus dem Boot befreien, taucht wieder auf, verschluckt sich und hustet wie wild ... während sich die Paddel auf dem besten Weg in die Ägäis befinden. Yacin versucht zu retten, was zu retten ist, schwimmt entgegen den mahnenden Rufen von Paul und Mo den Paddeln hinterher, doch die Strömung ist stark und würde ihn weit aufs Meer hinaustreiben. Also kehrt er wieder um, schwimmt zum Zweierkanu zurück, das mittlerweile durch die Sitzluke randvoll mit Wasser gelaufen ist. Das Boot sinkt und sinkt und sinkt, bis es nur noch knapp über der Wasseroberfläche dümpelt.

»Diese verfluchten Touris!«, donnert der Kanuverleiher. Er hält sich die Handinnenflächen wie ein Sprachrohr vor den Mund und brüllt in Richtung der drei Männer, dass sie das Boot wieder aufrichten sollen. Die Jungs aber haben ganz andere Probleme. Paul liegt nämlich einfach nur faul wie eine Robbe auf Mos Einerkanu und macht blöde Witze, während der andere Kahn absäuft. Diese Untätigkeit treibt wiederum Yacin zur

Weißglut, und so wirft er sich ebenfalls zu Paul und Mo aufs Boot, das nun vollends ins Schlingern gerät, sodass alle drei nach wenigen Sekunden kentern.

»Sag ich ja: Vollidioten! Wenn das zweite Kanu jetzt auch noch vollläuft, dann können die aber was erleben!«, krawallt der Bootsbesitzer.

»Jetzt beruhigen Sie sich mal!«, sagt Lea und gibt ihm das Fernglas zurück. »Die drei sind ja bestimmt nicht die Ersten, die sich mal ein bisschen dumm anstellen und mit den Kanus umkippen. Oder sind das Billigboote, die gleich absaufen?«

»Hör mal! Das ist allererste Qualitätsware, Marke Eigenbau«, empört er sich. »Mit Top-Auftriebskörpern drin, eigentlich unsinkbar. Aber diese Trottel schaffen es, alles zu versenken.«

»Sie wissen schon, dass einer dieser Trottel mein Ehemann ist und die anderen beiden meine Freunde?«, fragt Lea spitz.

»Sorry, ich sage halt immer, was ich denke!«

»Dann müssten Sie doch eigentlich ein ganz stiller Typ sein, oder?«

Kurze Pause, ehe seine Stirnschlagader sichtbar anfängt zu pochen. »Hör mal, Mädchen, ich lass mich von dir nicht veräppeln«, und mit diesen Worten dreht er sich um, löst den Jetski von der Verankerung und düst aufs Meer.

Immerhin konnten die Männer das Einerkanu wieder aufrichten und das vollgelaufene Zweierboot mit dem Jetski zurück zum Strand schleppen. Lea jedenfalls ist unendlich dankbar, dass sie nicht draußen auf dem Wasser ist, sondern ihre Zehen in den warmen Sand graben kann.

Glücklicherweise ist die Anzahl der angebotenen Freizeitaktivitäten im Resort überschaubar. Welch ein Segen, dass sie nicht in einem Robinson Club gelandet sind, wo rund um die Uhr irgendeine blödsinnige Zeitverschwendung angeboten wird. Das sind ja meistens Maßnahmen, die immer irgendetwas mit Sport zu tun haben. Das Wort »Sporturlaub« ist für Lea sowieso ein Widerspruch in sich. Aber ihr kann das Ganze völlig schnuppe sein, denn sie muss den Kram ja nicht mitmachen. Sie ist nur stille Beobachterin, darauf legt sie besonderen Wert. Das gilt insbesondere für die nächste Zumutung, die am Nachmittag auf dem Plan steht: »Die ultimative Musical-Show. Mitmachen und Mitsingen.« Lea kann Musicals ums Verrecken nicht ausstehen. Das letzte Stück, das sie sich aus purer Verzweiflung während einer Geschäftsreise in Bochum angeguckt hat, steckt ihr immer noch in den Knochen. Da sang eine höchstgradig blonde Darstellerin als Zugwaggon verkleidet allen Ernstes: »'ne Menge Power, das wär doch fein! Denn wer mich abschleppt, muss kräftig sein!« Diese syntaktische Glanzleistung könnte zwar genauso gut das frivole Motto eines Erotikclubs sein, stammte aber in der Tat aus dem hirnrissigen Rollschuh-Musical, das mit einem Frauenbild aufwartet, das älter ist als ein Nokia 3120.

Lea holt sich noch schnell im Pool-Café einen Cappuccino und ein großes Stück Möhrentorte als Nachmittagssnack, ehe sie mit den Männern den Probenraum betritt. Sie lässt sich gleich in der hintersten Stuhlreihe nieder und widmet sich ihrem ganz persönlichen Kaffeekränzchen.

»Willkommen, Bienvenue, Welcome!«, singt der wohlproportionierte Animateur vorn auf der Minibühne zum Auftakt aus voller Kehle. »So supi, dass ihr da seid,

Schnuppis«, ruft er und klatscht in die Hände. »Das hier ist die erste Probe für das Show-Highlight am Freitag auf unserer großen Pool-Bühne. Und ihr seid die singenden und tanzenden Hauptdarsteller. Ist das nicht geilchen?«

Na, mal abwarten, ob das geilchen wird, denkt sich Lea und drapiert Kaffee und Kuchen auf dem Nachbarsitz. Sie ist schon gespannt, wie sich Paul, Mo und Yacin bei dieser Paar-Maßnahme schlagen. Ihr war gar nicht klar, dass bis zur Aufführung nun jeden Tag Musical-Proben anstehen. Da haben sich die drei ja was Schönes eingebrockt. Sie nimmt einen Schluck Kaffee und mustert das Dutzend Männer vorn auf der Bühne. Kurz wird ihr flau im Magen, als sie in der Reihe plötzlich Mann Nummer eins wiederentdeckt, den hübschen Beachvolleyballer. Er hat ihr gestern sogar noch eine Nachricht aufs Handy geschickt und ein weiteres Treffen vorgeschlagen. Leas Nummer stand ja auch fett auf seinem Unterarm. Aber unter der neuen Prämisse hatte Lea keine Lust, ihm zu antworten. Schwule beste Freunde hat sie genug. Außerdem ist das horizontale Verlangen bei ihr bereits in den Keller abgestiegen und lässt sich von dort auch so schnell nicht mehr hervorlocken. Jedenfalls nicht in diesem Urlaub. Immerhin hat Mann Nummer eins seinen zickigen Freund zu Hause gelassen, der gestern noch am Frühstückstisch so eine Szene gemacht hat. Lea erwidert kurz Mann Nummer eins' Winken, ignoriert aber seine gestischen Aufforderungen, zu ihm nach vorn auf die Bühne zu kommen.

Stattdessen nimmt sie einen großen Happs Möhrenkuchen, als sich plötzlich der Animateur zu ihr umdreht. »Ach nee, das Mümmelmäuschen, da hinten! Was versteckst du dich in der Ecke? Komm zu uns nach vorn«, zwitschert er freudig. Fast bleibt ihr der Kuchen im Hals stecken. Eigentlich ist es ja verdammt nett, dass sie hier im Club als heterosexuelle Frau überall so lieb eingebunden wird. Aber in diesem Fall wäre sie gar nicht böse gewesen, hätte man sie einfach komplett ignoriert.

»Ich passe nur auf meine Männer auf«, versucht sich Lea mit vollem Mund aus der Affäre zu ziehen. Doch leider hat sie die Renitenz des Animateurs und den sanften Gruppendruck unterschätzt. »Sorry, Leute! Nie im Leben mache ich bei eurer Musical-Show mit!«, ruft sie nach vorn und steht drei Minuten später zwischen den Männern auf der Bühne.

Kapitel 12

»Ihr süßen Süßilis«, beginnt der knuffige Animateur seine Ansprache vor den Teilnehmern. »Ich habe das große Vergnügen, mit euch zusammen die wunderwunderwunderschönste Musical-Show ever auf die Beinchen zu stellen!« Er gluckst, klatscht und führt auf der Stelle ein völlig übertriebenes Gute-Laune-Tänzchen auf, sodass Lea das Gefühl hat, mitten in den Balzritus eines Paradiesvogels geraten zu sein. Oder der Animateur hat sich eine Nase Aufputschmittel gegönnt, weil er schon ahnte, mit welcher Talentlosigkeit er sogleich konfrontiert werden würde. Lea staunt nicht schlecht, als der Animateur verkündet, professioneller Gesangslehrer zu sein. Außerdem liefert er den interessanten Fakt nach, dass er jahrelang die Hauptrolle in dem »tollsten Musical des Planeten« gesungen hat: *Starlight Express.* In Bochum. Leas Musical-Armageddon.

»Außerdem möchte ich euch noch unseren tippi tippi toppi Dance Captain vorstellen!« Ein sehniger Kerl tritt hervor und winkt in die Runde. Großer Applaus.

»So, meine süßen Zuckerschnäuzchen«, übernimmt wieder der Gesangslehrer. »Dann wollen wir mal gleich loslegen, wir haben keine Zeit zu verlieren. Alle bitte im Kreis aufstellen!«

Lea wird kurzerhand von den Männern in eine Ellipse einsortiert.

»Jetzt singen wir uns erst mal gemeinsam warm. Danach gibt es ein kurzes Vorsingen, und ihr bekommt euren Song für die Show. Wenn ihr eigene Ideen habt, bringt die gerne mit ein. Alles geschnicki und geschnackelt, Mäuse?«

Vorsingen? Das wird ja immer schöner. Lea kommt sich vor wie in einer Castingshow oder wie in einem Trainingslager für straffällige Jugendliche – wobei das ja eigentlich dasselbe ist. Ihre Fluchtinstinkte machen sich jedenfalls derart stark bemerkbar, dass ihr rechtes Bein bereits anfängt zu zucken, als Paul ihre Hand ergreift. »Lea, bitte bleib!«, sagt er mit Rehaugen und kann offenbar ihre Gedanken lesen. »Das wird lustig, glaub mir. Außerdem bringt dich das auf andere Gedanken!«

Sie atmet tief durch. Diesem Blick kann sie nichts entgegensetzen. Und Paul hat ja recht, etwas Ablenkung ist sicherlich hilfreich. Außerdem verbringen sie auf diese Weise mehr Zeit im Vierergespann. Also was soll's, rein ins … äh, Vergnügen.

Das gemeinsame Einsingen in der Gruppe lässt wenig Gutes erahnen. Der Song *Mamma Mia* geht schon mal richtig in die Hose, bei *Ich war noch niemals in New York* sitzt auch kein Ton. Aber immerhin passt der Titel des letzten Liedes bestens zur inbrünstig dargebotenen Polyfonie: *Totale Finsternis* – das beschreibt das Gesangsspektakel ganz vortrefflich. Wenn man nun feststellt, dass bei der Truppe das vorhandene Gesangspotenzial eher unterirdisch ist, so liegen die Stärken hingegen eindeutig in der Bühnenpräsenz. Da werden ausladende Gesten gemacht, groteske Mienen gezogen und Münder aufgerissen wie bei einer Schluckimpfung. Yacin ist hier ganz vorn dabei. Er trällert überwiegend falsch, dafür aber mit geschlossenen Augen, um so noch tiefer in die Songs hineinzuspüren. Das Hineinspüren ist bei so grundschürfendem Liedgut auch absolut notwendig. Wobei sich Lea mit ihrem Spott nicht allzu weit aus dem Fenster lehnen darf, denn ihr Minustalent beim Singen ist auch schon jedem aufgefallen.

»So, Mukkilein, was möchtest du denn singen, hast du irgendeine Präferenz?«, fragt der Gesangscoach, als Lea zum Vorsingen auf die Bühne tritt.

»Ich möchte gar nichts singen.«

»Netter Versuch, aber das kommt nicht in die Tüte!«

»Ich kann nicht singen. Wirklich. Geht nicht auch Playback?«

»Papperlapäppchen, jeder Mensch kann singen! Also, welcher Song darf es sein? Ansonsten suche ich was für dich aus.«

Lea zögert kurz. »Okay, dann singe ich was von *Arielle, die Meerjungfrau*«, sagt sie. »Und zwar aus dem Part, wo Arielle Menschenbeine hat und an Land den Prinzen trifft!«

»An Land ist Arielle stumm!«

»Echt? Wusste ich gar nicht«, sagt Lea, stellt ihr Beine x-förmig aneinander und dreht sich mit dem Zeigefinger Löckchen in die Haare.

»Herzchen, die Comedy-Show war letzte Woche«, sagt der Gesangslehrer kein Stück amüsiert und ruckelt an seiner übergroßen Styler-Brille. »Also gut, dann versuchen wir es eben hiermit: *Lass jetzt los* aus der *Eiskönigin.*«

»Ach, den Film liebt meine Tochter! Die ist der größte Elsa-Fan«, ruft Lea euphorisch.

»Na guck, bei der ollen Elsa haben wir sie doch alle wieder zusammen!«

Er gibt Lea ein Notenblatt, setzt sich ans Keyboard und singt mit ihr gemeinsam den Song. Bei jedem Ton, den Lea nicht erwischt – und davon gibt es leider einige –, verzieht der Gesangslehrer das Gesicht, als bekäme er Stromstöße.

»Na, wir haben ja noch vier Tage bis zur Aufführung«, konstatiert er, als sie mit dem Durchsingen fertig sind. »Keine Sorge, ich hatte schon schlimmere Heulbojen als dich.« Der Typ sollte Motivationstrainer werden wie Torsten, denkt sich Lea.

Nach einer kurzen Pause werden alle zur Gruppeneinteilung gebeten. In den ersten beiden Tagen wird in zwei Gruppen geprobt. Lea besteht darauf, mit Paul, Mo und Yacin zusammenzubleiben. Ihnen wird noch ein spindeldürres Männlein zugeschlagen und zu Leas Schreck auch der schicke Beachvolleyballer, Mann Nummer eins. Lea versucht, sich ihre Anspannung nicht anmerken zu lassen, und lächelt verkrampft. Die Sechsergruppe startet heute als Erstes mit dem Tanztraining beim Dance Captain. Morgen wird getauscht, und sie legen mit den Gesangsstunden los.

Ihre erste Tanzprobe läuft dann auch gelinde gesagt optimierungsbedürftig. Als Erstes krabbelt Paul auf allen vieren in die Bühnenmitte und hievt sich ungelenk an einer Deko-Palme empor. Er hat sich für eine *Starlight-Express*-Performance entschieden und steht nun zum ersten Mal in seinem Leben auf Rollschuhen. In seinem Gesicht zeichnet sich eine Mischung aus Angstschweiß und Panik ab. Das erinnert Lea flugs an den gemeinsamen Tanz auf ihrer Hochzeitsfeier, da sah Paul nämlich ähnlich aus. Sie hatten extra vorher noch Tanzstunden genommen, damit der Eröffnungstanz nicht aussieht, als würde Lea eine Doppelmatratze über die Tanzfläche schleifen. Genützt hat es leider nichts. Auch jetzt ist bei Paul an eine Choreografie überhaupt nicht zu denken. Er versucht schlicht, sich aufrecht zu halten und einige

Meter auf der Bühne herumzurollen, bis er nach wenigen Sekunden immer wieder krachend zu Boden geht – zum Glück trägt er Knieschützer. Das Rollschuhfahren gelingt ihm aber zusehends besser, er wagt hier und da sogar einige juvenile Schwünge, bis er sich plötzlich wie ein Koala an der Bühnendeko festkrallt und mitsamt der Kulisse rücklings von der Bühne kippt. An Gesang war bisher noch gar nicht zu denken.

Yacin ergeht es nicht viel besser. Ihm wurde ein Stück aus *Cats* angetragen, das man allenfalls als Katzenjammer bezeichnen kann. Der Dance Captain zeigt ihm nun eine Choreografie, die alle möglichen Katzenbewegungen imitiert: Schlecken am Handrücken, Krallen ausfahren, Maunzen und Miauen. Yacin gibt sich zwar alle erdenkliche Mühe, aber mit der anthropomorphen Darstellung einer Katze hat das alles wenig zu tun. Seine Performance erinnert eher an Zombies oder an das Erschreckpersonal aus Geisterbahnen. Mo hingegen schlägt sich passabel – das aber wortwörtlich. Denn bei der übertrieben kumpelhaften Inszenierung von *Hakuna Matata* rammt er seinen hageren Gesangspartner regelmäßig in den Boden, obwohl er ihm eigentlich nur sanft auf die Schultern klopfen soll.

Schließlich betritt Lea die Bühne und erfährt, dass ihre *Eiskönigin*-Performance von einer atemberaubenden Bühnenshow begleitet werden soll. Sie ist entzückt und sieht sich schon in einem blauen Glitzerkleid durch eine weiße Winterwelt tanzen, zarte Schneeflocken rieseln, Eiskristalle blitzen und Zauberpferdchen schnauben. Juli wird sich zu Hause gar nicht mehr einkriegen, wenn sie später die hinreißenden Aufnahmen von ihrer Mutter sieht. Ach, es ist doch gut, dass Lea bei der Show mitmacht. So kann sie sich endlich mal von ihrer kreativen Seite zeigen und etwas schaffen, woran sie sich bestimmt noch ganz lang erinnert. Paul hat mit seinem Rat wie immer ins Schwarze getroffen.

Die Choreografie des Dance Captains kann Lea schnell in die Tat umsetzen. Sie reichert die Bewegungen sogar noch mit einigen improvisierten Sprüngen, Kombinationen und Drehungen an. Und so blöd es klingt: Das Ganze macht ihr richtig Spaß. Dann startet schon ihr erster Durchlauf – mit besagten Effekten, wie der Dance Captain vorfreudig verkündet. Er und zwei Mitstreiter bringen sich in Position, um die Nebelmaschine anzuwerfen. Lea konzentriert sich derweil voll und ganz auf ihre Tanzschritte. Auf ein Zeichen vom Dance Captain läuft sie in die Mitte, vollführt die ersten Drehungen und Sprünge, bis die Bühne auf einmal komplett eingenebelt ist und Lea in einer stinkenden Wolke verschwindet. Das Einzige, was man noch von ihr hört, ist ihr bellender Husten. Dann knallt es plötzlich. Lea weiß nicht, wie ihr geschieht, aber offensichtlich wird sie gerade im dichten Nebel von der Bühnenseite wie ein billiges Funkenmariechen mit einer Glitzerkanone beschossen. Zu allem Übel gehen dann auch noch von oben tennisballgroße Seifenbrocken vor ihr nieder und verfehlen sie nur um Haaresbreite.

»Sag mal, spinnt ihr!«, röchelt Lea aus den Nebelschwaden. »Wollt ihr mich umbringen?« Sie versucht mit schwenkenden Armen den Nebel zu lichten, kämpft sich schließlich auf allen vieren zum rettenden Bühnenrand vor und sieht aus wie geteert und gefedert. Ihre Haare stehen zu Berge, an den Klamotten und im Gesicht klebt überall Glitzerkonfetti. Sofort ist der Dance Captain zur Stelle und entschuldigt sich aufrichtig für das Missgeschick. Die Nebelmaschine sei wohl noch nicht richtig eingestellt und die Kunstschneeflocken aus Versehen verklumpt.

»Kunstschnee? Das war Hagel, du Idiot!«, brüllt Lea zornig. »Werft ihr das nächste Mal Tiefkühlspinat auf mich ab oder was?«

»Dickes Sorry, Lea. Wirklich. Ich überprüfe das mit den Effekten noch mal.«

»Macht euren Mist allein!«, schimpft sie, stapft in die letzte Stuhlreihe und haut sich das ganze Stück Möhrenkuchen rein. Immerhin glitzert sie dabei.

Kapitel 13

Mitten im Probenfrust schießt das Unterbewusstsein Lea ein hübsches Déjà-vu in die Hirnplatte. Ein gewisses Auftritts-Trauma, das zwar schon einige Zeit zurückliegt, aber im Grunde immer noch auf eine psychologische Aufarbeitung wartet. In der Grundschule fand damals zum Abschluss der Projektwoche eine Zaubershow statt, bei der sie unter vielen fingerreckenden, wild schnipsenden Freiwilligen vom Zauberer als Assistentin ausgewählt wurde. Lea sollte auf offener Bühne in zwei Teile zersägt werden. Spannung, Horror, Magic! Der Zauberer weihte Lea in den Trick ein, sagte ihr, was sie zu tun und zu lassen habe. Dann wurde sie in eine Art Kiste verfrachtet und unter Zuhilfenahme von jeder Menge Hokuspokus in der Körpermitte geteilt. Der Trick klappte hervorragend, es gab viele Ohs und Ahs aus dem Publikum, bis Leas Klassenlehrerin wie aus dem Nichts einen Allergieschock erlitt. Auf ihrem Schoß verwahrte sie den Zylinder des Zauberers, in dem er, wie sich später herausstellte, ein Kaninchen versteckt hielt. Kaninchenhaare: das pure Gift für jede Tierhaar-Allergikerin. Riesentumult, Geschrei, Geheule. Eine Adrenalinspritze aus dem Notfallset des Sekretariats fand zügig den Weg in den Oberschenkel der Lehrerin, die somit vor dem Schlimmsten bewahrt wurde. Wenig später traf auch der Notarzt ein und transportierte die allergiegeschockte Lehrerin ins Krankenhaus. Während die anderen Schüler in die Klassenräume zurückgingen, lag Lea immer noch zerteilt in ihrer Kiste und wurde einfach auf der Bühne vergessen. Weil sie dem Zauberer ein Zauberehrenwort geben musste, den Trick niemals zu verraten, traute sie sich nicht, mit Rufen auf sich aufmerksam zu machen. Der Zauberer selbst rauchte vor dem Eingang der Schule eine Zigarette nach der anderen, weil er mit den Nerven völlig runter war. Er bangte weniger um das Leben der Lehrerin als vielmehr um seine Gage und fragte sich, ob er bei so einem Unfall überhaupt versichert war. Als er dann nach einer halben Stunde mit ausreichend Nikotin im Blut zurückkam, fand er die völlig paralysierte Lea in der Kiste wieder, befreite sie, und immerhin durfte sie dann als Entschuldigung das süße Kaninchen auf den Arm nehmen. Aber auch das Fellvieh hatte einen spektakulären Trick auf Lager. Es konnte nämlich den sauberen, trockenen Lieblingspulli von Lea – Simsalabim – in ein nasses, nach Kaninchenurin stinkendes Etwas verwandeln. Magic! Seitdem ist Lea weder gut auf Zauberer noch auf Kaninchen zu sprechen.

Der einzige Lichtblick bei dieser entsetzlichen Musical-Probe ist Mann Nummer eins: Hendrik. Er betritt als Letzter die Bühne und schafft es auf Anhieb, mit seiner ansteckenden Fröhlichkeit die miese Stimmung im Raum zu vertreiben. Als King Louie tanzt und singt er *Ich wär so gern wie du-u-u* aus dem *Dschungelbuch*. Und so blöd es klingt: Lea bekommt sofort wieder gute Laune. Als Hendrik mit seinem Probendurchlauf fertig ist, brandet spontan Applaus auf. Nur Lea, Paul, Yacin und Mo klatschen nicht, sie sitzen einfach nur regungslos da, klimpern mit den Augen und tragen ein dümmlich verknalltes Grinsen im Gesicht. Kollektiv-Schwärmerei für diese zu fleischgewordene Frauen- und Männerfantasie.

»Mit dem habe ich gestern Volleyball gespielt«, wispert Lea mehr debil als zurechnungsfähig, erntet aber dennoch neidvolles Seufzen von der Seite.

Der Dance Captain erlöst Lea schließlich aus ihrer Glotz-Trance und erkundigt sich, ob sie mit Hendrik ein Auftrittsteam bilden möchte. Obwohl sie eben noch drauf und dran war, aus dieser ganzen Musical-Nummer auszusteigen, nickt sie sofort. Etwas zu schnell – und etwas zu heftig. Hendrik werde in ihrer *Eiskönigin*-Performance dann der Schneemann sein, erklärt der Dance Captain, sie wiederum sei der tanzende Balu im Tempelpalast beim *Dschungelbuch*-Song. Sie blickt zu Hendrik, der lächelt mit dem schönsten Zahnpastalächeln zurück, und Krawumm, da passiert's. Lea ist Amor in die Schusslinie gelaufen. Sie fühlt sich auf einmal, als sei sie im Fahrstuhl zu Wolke sieben. Das volle Kitschprogramm. Alles nur noch rosa, der Boden schwankt, und der Himmel ist pink. Dieser eine Blick von Hendrik! Das Lächeln! Das reicht schon, um alle Raupen in ihrem Bauch zu Schmetterlingen werden zu lassen. Was ist denn nun los? Gestern hat sie mit Hendrik noch gemeinsam gefrühstückt und Volleyball gespielt, und jetzt ist sie schon völlig neben der Spur, weil er sie nur einmal kurz anlächelt? Sie hat sich doch geschworen, nie wieder mit galoppierendem Herzen einen schwulen Mann anzuschmachten. Dieses Abo hatte sie endgültig gekündigt. So schwer es Lea auch fällt, für sie ist klar, was zu tun ist. Ein intensiveres Kennenlernen oder gar ein gemeinsames Agieren auf der Bühne kann für sie nur in der nächsten emotionalen Katastrophe enden. Hendrik ist einfach zu schön, zu sexy ... und zu schwul für sie. In einer rebellischen Kurzschlussreaktion reckt Lea daher die Hand und erhebt sich von ihrem Sitz. »Ähm, sorry ... ich hab's mir gerade noch mal überlegt ... und ... ähm ... ich kann das mit King Louie ... also mit Hendrik ... nicht!«

Überraschte Gesichter. Insbesondere Hendrik steht da wie ein Dorfkind im Regen, das den letzten Bus verpasst hat.

»Und wieso nicht?«, fragt der Dance Captain erstaunt.

»Ich fühle mich einfach ... nicht wohl neben ihm.«

Lea guckt zu Mo, der sie verständnislos angafft. Er deutet auf Hendrik, und seine Lippen formen stumm das Wort »SEXY!«. Auch Paul zeigt mit Blick auf Hendrik einen erigierten Daumen.

»Leute, seid ihr bescheuert? Der Typ ist schwul!«, platzt es aus Lea heraus.

»Ähm, Liebes, ich glaube, du hast gerade vergessen, die Stummtaste zu drücken«, meldet sich Yacin süffisant zu Wort.

»Ach so, daher weht der Wind!«, grätscht nun wiederum der Dance Captain dazwischen und nickt verständnisvoll. »Du glaubst, dass Balu schwul ist, und möchtest als Cis-Frau keinen adipösen, homosexuellen Bären spielen, der sich für einen eindeutig männlichen, nicht genderqueeren Affen begeistert, richtig?«

Lea weiß überhaupt nicht, was sie sagen soll. Der Dance Captain ist thematisch offenbar voll in seinem Element. »Aber sieh es mal so: Balu mit Perücke und Blätterröckchen ist in dieser Szene ganz eindeutig performativer Drag, um so normative Geschlechtszuschreibungen zu hinterfragen und durch subtile Andeutung fluide Geschlechtsidentitäten zu antizipieren. Gehst du mit dieser Deutung konform, Lea?«

Sie nickt – und versteht kein Wort. Wenn das aber die Möglichkeit ist, aus der Nummer mit Hendrik wieder rauszukommen, soll es ihr recht sein.

»Danke, Lea, für diesen wichtigen Diskussionsbeitrag. Ganz ehrlich, ich habe mir zum Topos Balu auch schon mehrfach intensiv Gedanken gemacht, und ich kann deine kritische Sichtweise verstehen. Also halten wir fest: Balu ist schwul und drag. Wir können hier also auf gar keinen Fall eine herabsetzende Darstellung übergewichtiger, homosexueller Travestie-Tiere zeigen!«

»Danke«, sagt Lea. »Ich hätte es nicht besser ausdrücken können!«

Gerade als die Freude in ihr aufkeimt, sich geschickt aus der Affäre gezogen zu haben, sagt der Tanzlehrer: »Dann bist du eben eine Palme! Die ist zwar auch nicht geschlechtslos, aber unverfänglich.« Damit ist für ihn die Diskussion beendet, und er stellt die weiteren Teams zusammen.

So hat sich Lea das eigentlich nicht vorgestellt. Vorsichtig hebt sie wieder die Hand, doch Yacin fasst ihr ans Handgelenk und zieht den Arm ruckartig herunter. »Lea, jetzt hör mal auf. Hier ist kein sozialpolitisches Seminar, das sich kritisch mit Rollenzuschreibungen und Identitäten auseinandersetzt, sondern eine beknackte Musical-Probe. Der arme Hendrik kann einem ja fast schon leidtun!«

Sie lässt ihren Arm sinken und denkt nach. Im Gegensatz zur Geschichte mit Paul oder der peinsamen Eskapade mit Demetrios weiß sie ja diesmal im Vorfeld, dass Hendrik schwul ist. Eine bessere Emotionsbremse gegen dumme Verknalltheit kann es doch eigentlich nicht geben. Sie muss Hendrik einfach nur als das sehen, was er ist: ein äußerst netter Typ, aber kein potenzieller Sexpartner. Und wenn die Flugzeuge in ihrem Bauch wieder durchstarten, muss sie diese eben zur Bruchlandung zwingen. Die kleine Urlaubsschwärmerei von vorhin, das hat doch alles nichts zu bedeuten. Sie war ja auch schon mal in den Sänger von Tokio Hotel verknallt und in Brad Pitt – in Letzteren streng genommen noch heute. Was spricht also dagegen, mit Hendrik gemeinsam zu proben und auf der Bühne zu stehen? Nichts. Also: Befürchtungen runter-, Spaß hochschrauben. Das ist ein Befehl!

Zum Abschluss der Probe kommen sowohl die Tanz- als auch die Singgruppe wieder zusammen, und es geht gemeinsam zum Kostüm-Check. Sie staunen nicht schlecht, als ihnen im Fundus allerhand fantasievolle Kleider für die verschiedenen Darbietungen präsentiert werden. Was die Darsteller künstlerisch nicht fähig sind zu leisten, werden zumindest die Kostüme wieder rausholen.

Bei den Teilnehmern herrscht große Freude, zum ersten Mal in die Verkleidungen zu schlüpfen. Ruckzuck fällt bei den Männern Hemd und Hose, und Lea stellt mit einem kritischen Seitenblick fest, dass sich in der Männerwelt bezüglich Unterwäsche seit Jahrzehnten offenbar wenig getan hat. Entweder trägt er Boxershorts oder einen Slip, und das überwiegend in den Farben Weiß, Schwarz oder Mausgrau. Keiner trägt irgendetwas Originelles, und damit sind keine Stringtangas gemeint, sondern moderne Schnitte oder Farben. Heißt es nicht immer, dass schwule Männer modisch so wahnsinnig en vogue seien? Lea jedenfalls besichtigt gerade den krassen Gegenbeweis. Voller Erschrecken sieht sie sogar noch Unterhosen mit Eingriff. Sollen diese Fronttürchen in der Unterhose allen Ernstes den Austritt des männlichen Geschlechtsorgans regeln? Es gibt doch keinen einzigen Mann auf dem Planeten, der sich jemals durch den

Eingriff ins Freie gewurschtelt hat. Aber egal, es gibt jetzt Wichtigeres, zum Beispiel Leas wunderbares *Eiskönigin*-Kleid: ein blau-weiß funkelndes Glitzer-Tüll-Satin-Pailletten-Irgendwas mit Flockenumhang, einfach zum Dahinschmelzen. Der Runterbringer ist hingegen das blöde Palmenkostüm für Hendriks King-Louie-Auftritt. Es handelt sich hierbei nämlich um eine Art eng anliegende Wurstpelle. Wenig begeistert setzt sie sich auf den Boden, um das Kostüm anzuprobieren, als Hendrik plötzlich neben ihr steht.

»Hey, darf ich kurz stören?«, fragt er.

»Klar, bei dieser Kostümdemütigung kann ich jeden seelischen Beistand gebrauchen.«

»Sag mal, ist alles okay bei dir? Du wirkst irgendwie so … anders.«

»Bei mir ist alles gut. Wie kommst du darauf?«, fragt sie und hofft, bei dieser feisten Lüge nicht rot zu werden.

»Na ja, du hast dich auf meine WhatsApp nicht mehr zurückgemeldet, und ich frage mich, ob ich vielleicht irgendwas falsch gemacht habe.«

»Sorry, ich war einfach zu beschäftigt.« Sie beginnt hastig ihre Arme in den viel zu engen Stoff zu zwängen.

»Und es ist für dich wirklich in Ordnung, dass wir hier ein Auftrittsteam sind?«

»Logo, ist doch super …«, sagt sie mit gespielter Lässigkeit. Dann hält sie kurz inne. »Weißt du, Hendrik, ich will ehrlich sein. Du löst bei mir so was aus … so was wie Scham, weißt du?«

»Was? Du schämst dich für mich?«

Ups, falsche Abfahrt, noch mal schnell rauf auf die Erklär-Autobahn.

»Nein, natürlich nicht. Ich schäme mich eher für mich …, weil ich mich bei dir … einfach unsicher fühle …«

»Bin ich so schlimm?«

»Ja voll! Äh, Nein! Also ich meine: ja, schlimm, aber anders schlimm, als du jetzt denkst. Denn du bist ja schwul, was für mich heißt, dass es gar keinen Grund gibt, mich unsicher zu fühlen, weil du und ich, also wir beide, wir werden ja sowieso niemals im Bett …« Sie redet sich um Kopf und Kragen, Diagnose: Verbal-Diarrhö. Und keine Kohletabletten in Sicht. Sie bricht mitten im Satz ab, steht vom Boden auf und blickt in Hendriks Gesicht. »Sorry. Vergiss einfach, was ich gesagt habe. Können wir vielleicht die letzten Stunden aus dem Protokoll streichen und noch mal komplett neu anfangen?«

»Logo!«, antwortet er. »Aber unser nettes Kennenlernen gestern kleben wir uns schon mal ins gedankliche Fotoalbum.«

»Einverstanden.« Sie lächelt verlegen. »Ähm, und kannst du mir vielleicht hier bei der Palme behilflich sein? Ich komme da nicht rein!«

Er lacht und fasst beherzt zu. Wenn Lea nicht wüsste, dass Hendrik schwul ist, wäre es ihr jetzt durchaus unangenehm, sich dabei helfen zu lassen, in den presswurstartigen Stamm des Palmenkostüms zu schlüpfen. Zumal die Ganzkörperpelle auch noch Leas Arme fest an der Seite einschließt, sodass nur noch ihr Gesicht rausguckt. Aber nach einigem Ruckeln, Ziehen und Zurren sitzt das Kostüm wie angegossen.

»Hey! Danke für die Hilfe!«, sagt sie schließlich und versucht sich ein Stück Palmenpelle aus der Po-Ritze zu fummeln. »Ich sehe was, was du nicht siehst, nämlich bescheuert aus, oder?«

»Keine Sorge, ist gar nicht so übel!«, sagt er grinsend und pflanzt ihr zur Krönung einen Palmenwedel auf den Kopf. »So! Und wie fühlst du dich jetzt? Wie eine richtige Palme?«

»Nee, eher wie eine grobe Leberwurst in Gold!«

Kapitel 14

Nach der Probe liegt sich die halbe Workshop-Gruppe erschöpft, aber auch glücklich in den Armen. Schultern werden geklopft, Lob ausgesprochen, gekrault, geküsst, getätschelt ... irgendwie erinnert Lea das Ganze an einen Streichelzoo. So ein zärtliches Verhalten ist natürlich allemal besser als diese tragisch ausgetragenen Männerbekanntschaften, die man zuweilen auf der Straße sieht. Wenn da zwei Männer aufeinandertreffen, die sich nicht liebevoll umarmen, sondern ihre Oberkörper aneinanderrammen und mit der flachen Hand auf den Rücken schlagen, als wäre es ein alter Teppich. Wird dieses blödsinnige Verhalten nur gezeigt, um bloß nicht als schwul oder verweichlicht zu gelten? Wie falsch kann man Männlichkeit verstehen? Dann doch lieber das Gegenteil, welches sich gerade vor Leas Augen abspielt. Offenbar müssen die letzten Stunden körperlicher Abstinenz nun doppelt aufgeholt werden, denn Paul, Mo und Yacin umarmen den Bohnenstangentypen, bis auch Hendrik dazukommt und ebenfalls Teil der Gruppenumarmung wird. Nur Lea steht daneben und fühlt sich wie ein ejakulatfarbener, mit Mayonnaise verschmierter Nudelsalat auf einer Party ... den rührt auch keiner an. So schön die Männertraube da vor ihr ist, der Anblick schmerzt trotzdem. Daher gibt es jetzt drei Optionen: darüberstehen, mitmachen oder abhauen. Lea entscheidet sich für Letzteres. Sie dreht den Männern den Rücken zu, entfernt sich ein paar Schritte, wird dann schneller, schließlich läuft sie davon. Sie nimmt die lieb gemeinten Rufe hinter sich wahr, doch sie muss hier weg. Weg von diesen allzu glücklichen Menschen, die sich wahlweise im Tinder-Modus oder Hormon-Honeymoon befinden. Sie stürmt zurück in die Villa, und auf dem Weg dorthin kommt ihr das Märchen in den Sinn, das sie kürzlich ihrer Tochter vorgelesen hat. Darin geht es um einen Topf, der unaufhörlich süßen Hirsebrei kocht und damit eine ganze Stadt unter sich begräbt. Das beschreibt exakt Leas inneren Zustand. Alles gärt und quellt in ihr, das ganze Frust-Angst-Schiss-Gemisch flutet ihre Straßen. Passenderweise kann in der Geschichte nur ein kleines Mädchen den Spuk beenden und den Topf zum Stoppen bringen. Aber in Leas Realität ist Juli nicht da. Leider. Sie vermisst ihre Tochter so schmerzlich. Und genau jetzt startet natürlich wieder ihr sinistres Fragenkarussell: Karten lösen. Einsteigen, bittööö. Ist das Nudelsalat-Feeling jetzt ihr neuer Dauerzustand, an den sie sich gewöhnen muss? Wird sie in Zukunft als latent unbefriedigte Single-Mutti mit Kind, drei schwulen Freunden und sechs Flaschen Rotwein auf Reserve ihr Dasein fristen? Mit einer durchschnittlichen Affärendichte von einem Lover pro Jahr – und der ist auch nur ein Frustgriff von der Resterampe? Bleibt ihr Wunsch, noch mal Mutter zu werden, auf ewig unerfüllt? Muss sie sich von der Vorstellung verabschieden, irgendwann mal als richtige Familie zusammenzuleben? Aber was heißt überhaupt »richtig«? Sie hat ja eine Familie. Eine schön bunte sogar. Leas Kopf rauscht, alles dreht sich … Fragenkarussell-Koller.

Sie öffnet die Tür zur Villa, schnappt sich die angebrochene Pulle Rotwein und setzt sich auf den Balkon. Zur allgemeinen Verstimmung kommt jetzt auch noch ein diffuses Gefühl von Heimweh hinzu, denn nichts wünscht sich Lea in diesem Moment mehr, als zu Hause zu sein. Bei ihrer Tochter. Das gehört eindeutig auch zu diesem merkwürdigen Phänomen des Mutterparadoxes, dass man sich im Alltag häufig wünscht, das Kind nur für ein paar Tage von der Backe zu haben. Doch kaum hat man den ersehnten Abstand, vermisst man den Nervzwerg und verzehrt sich geradezu nach seiner Nähe. Genauso wie mit dem Kind ist es auch mit dem Partner. So ist es nicht verwunderlich, dass Lea jetzt nicht nur ihre Tochter vermisst, sondern auch Torsten, ihren Ex-Freund, den sie ja gerade erst in den Wind geschossen hat. Wie schön wäre es, jetzt von ihm in den Arm genommen zu werden. Genauso, wie die Männer sich vorhin in den Arm genommen haben. Sich anlehnen, ein paar beruhigende Sätze hören und sich für einen Moment geborgen fühlen. Vielleicht war die Trennung von Torsten doch ein wenig voreilig? So ein Seitensprung kann doch jedem mal passieren, oder? Lea nimmt ihr Smartphone zur Hand und überprüft, ob Torsten sich vielleicht zwischenzeitlich gemeldet hat. Fehlanzeige. Der ist vermutlich froh, sie endlich los zu sein, um sich ungehemmt mit der gesamten Imbiss-Belegschaft zu vergnügen. Auch von Oma Friederike und Juli gibt es keine Neuigkeiten. Das ist eigentlich ein gutes Zeichen, denn sie haben vereinbart, nur im absoluten Notfall zu telefonieren, damit Juli nicht unnötig daran erinnert wird, ihre Eltern zu vermissen. Aber etwas mehr Austausch mit ihrer Schwiegermutter hätte sich Lea schon gewünscht. Auf ihre Frage gestern, ob Juli was zu Mittag gegessen habe, kam von Friederike nur ein Wort zurück: »Alleskleber.« Das war dann weniger beruhigend und konnte erst nach einem irrwitzigen

WhatsApp-Pingpong gelöst werden. Es sollte »Alles gut« heißen – die unselige Rechtschreibkorrektur war mal wieder schuld. Aber auf Leas heutige Nachricht kam noch keine Antwort. Die beiden Empfangshäkchen in der App sind nach wie vor grau. Mittlerweile steigert sich Leas Sehnsucht, Julis Stimme zu hören, ins Unermessliche. Es geht nicht anders, sie muss jetzt entgegen der Abmachung anrufen, um kurz die Stimme ihrer Tochter zu hören. Das ist zwar völlig inkonsequent, egoistisch und bekloppt, aber wenn es juckt, dann muss man kratzen. Juli geht erst in einer halben Stunde zu Bett, da kann sie ihre Tochter vorher noch wunderbar abpassen. Lea denkt nicht länger nach und drückt die Taste mit dem grünen Telefonhörer. Die Verbindung zu Friederikes Handy baut sich auf, es tutet und tutet und tutet – aber niemand geht ran. Dann schaltet sich der Anrufbeantworter ein. Den hat Friederike offenbar versucht, gleich beim Erwerb ihres Smartphones im Handyshop zu besprechen, denn anders ist die folgende Bandansage nicht zu erklären:

»Hallo? Ist das jetzt schon an oder was? *Knirsch, knack, raschel.* Ach, ich kann schon? Also gut … *Ratter, piep, schnarr.* Nee, Schätzchen, komm mal her, das Ding hier geht nicht. Da ist irgendwas kaputt. Ich soll Sie nicht Schätzchen nennen? Gut, einverstanden. Also, wie geht das hier mit dem Ding, Häschen? Oder haben Sie mir da irgendeinen Schrott angedreht? Man gut, dass wir zwei das hier zusammen machen. Ich soll die Drei drücken? Aber ich habe doch schon die Drei gedrückt. *Tuut.* So, jetzt habe ich noch mal die Drei gedrückt, kann ich jetzt sprechen? Einstellungen? Was für Einstellungen? Meine Einstellung zum Tierschutz kann ich Ihnen mitteilen! Was? Ach so! Und wie komme ich da jetzt hin zu Einstellungen? Kann das sein, dass das Ding hier schon läuft? Wegen der Drei! Na, Sie haben mir ja gesagt, dass ich die Drei drücken soll! Ja klar hatte ich die Drei schon gedrückt. Das müssten Sie doch wissen! Sie haben doch Handywissenschaften studiert, nicht ich. Also, wenn ich hier jetzt dieses ... *Piiiiiiiep!*«

Anstatt nun eine Nachricht auf dem AB zu hinterlassen, legt Lea wieder auf und wählt entschlossen die Festnetznummer, wohl wissend, dass sie mit ihrem Anruf das Haus von Friederike erbeben lässt. In der großbürgerlichen Villa sind nämlich überall Blinker, Bimmeln und Piepser eingebaut, um so auf die eingehenden Telefonate hinzuweisen. Andernfalls bliebe das Telefon nämlich ebenso unbemerkt wie die Klingel an der Haustür, die neuerdings akustisch verstärkt den Glocken vom Kölner Dom Konkurrenz macht.

Lea drückt wieder das grüne Telefonsymbol, und nach langem Tuten wird tatsächlich am anderen Ende der Hörer abgenommen.

»Hallöchen! Wer ist da?«, brüllt Juli außer Atem.

Lea schießen vor Rührung die Tränen in die Augen. »Hallo, mein Schatz! Ich bin's.«

»Ich darf mit niemandem reden!«, blafft es aus dem Hörer zurück.

»Juli, ich bin's, Mama. Mit mir darfst du reden.«

»Ich habe gerade keine Mama, die ist im Urlaub. So, ich muss jetzt weiter. Schüss!«

»Juli, warte mal ...«

»Wer ist da dran?«, hört Lea nun Friederike im Hintergrund. Die Stimme ihrer Schwiegermutter klingt schrill, als habe man aus Versehen ein Faxgerät angerufen.

»Da ist ›Ich bin's‹ dran«, kräht Juli, und eine Sekunde später hat Lea Friederike am Ohr.

»So, jetzt hören Sie mir mal gut zu, Herr Wachtmeister. Wenn in der Karte steht, dass es Spaghetti-Eis gibt, und sich dieser faule Eisverkäufer weigert, Spaghetti-Eis auszugeben, dann wird es ja wohl noch erlaubt sein, mal kurz hinter den Tresen zu gehen und sich das Eis selbst zusammenzustellen! Glaubt dieser Typ, er sei der einzige Mensch auf der Welt, der weiß, wie man ein Spaghetti-Eis macht? Pfft! Nicht mit mir, Freunde! Im Übrigen habe ich ihm zur Kompostation der Unkosten einen großen Schein dagelassen. Und fürs Protokoll: Handgreiflich ist er geworden, nicht ich. Ich bin ja eine zerbrechliche, alte Dame!«

An dieser Stelle sollte man vielleicht mal erwähnen, dass es in Friederikes Dorf mittlerweile mehr Läden gibt, in denen sie Hausverbot hat, als Geschäfte, die sie überhaupt noch betreten darf. Der Handyshop und die Eisdiele dürften frisch dazugekommen sein.

»Friederike, hier ist Lea«, stöhnt sie und spürt sogleich ein leichtes Stechen in der Magengegend. Ihrem Seelenheil wäre es vermutlich zuträglicher gewesen, nur kurz mit Juli zu sprechen. Aber dafür ist es nun leider zu spät.

»Lea? Ach, du bist es! Sag das doch gleich, ich dachte, die Gendarmerie ist am Rohr. Es gab heute ... ein kleines Missverständnis. Aber nun gut, was gibt's?«

Lea holt tief Luft. »Ich wollte eigentlich nur kurz hören, wie es euch geht. Du hast meine Nachricht auf deinem Handy ja noch gar nicht gelesen!«

»Das Schmartdings? Das ist ja auch ein Riesenschrott. Da funktioniert gar nichts, das habe ich karibisch untersucht!«

»Akribisch«, verbessert Lea. Eigentlich hatte sie es längst aufgegeben, die falschen Fremdwörter und Redewendungen ihrer Schwiegermutter zu korrigieren, denn mit Tipps und Hinweisen ist ihr sowieso nicht beizukommen.

»Wie dem auch sei, die Gauner im Handyladen weigern sich jedenfalls, das kaputte Gerät zurückzunehmen. Aber da haben sie sich geschnitten. Denn zum Glück habe ich ja bei deiner Versicherung Rechtsschutz abgeschlossen. Diesen Handymann werde ich in Grund und Boden verklagen und die freche Eisdiele gleich mit!«

Lea verdreht die Augen. »Danke für das Update, ich geb's schon mal als Info an die Kundenbetreuung weiter. Du, eigentlich wollte ich nur kurz wissen, wie es Juli geht.«

»Wie soll es Juli bei mir schon gehen? Fantastisch natürlich!«

Nach einem kurzen Bericht fällt Lea in der Tat ein Stein vom Herzen. Sicherlich hat ihre Schwiegermutter bei dem kurzen Rapport etliche Details beschönigt, übertrieben oder ganz weggelassen, aber Juli scheint es dennoch blendend zu gehen. Ihre Bauchschmerzen sind verschwunden, und sie isst auch wieder vernünftig – zu Leas Erstaunen sogar Gemüse, das die beiden im Garten ernten und davon Mittagessen kochen. Juli tut der Ortswechsel offenbar richtig gut … und die Abwesenheit von Torsten.

»Dass du mit diesem Unhold Schluss gemacht hast, war wirklich überfällig. Der war die absolute Zumutung für deine Tochter, weißt du das?«

»Friederike, keine Sorge. Auch ich habe durchaus mitbekommen, dass die Chemie zwischen Juli und Torsten nicht die beste war«, ätzt Lea.

»Ha! Jedenfalls ist das mal wieder ein klarer Präsidentfall: Nach ein paar Tagen in meiner Obhut ist bei unserem kleinen Schatz wieder alles klärchen. Sie sollte viel öfter zu mir kommen. Spätestens, wenn du dich in den nächsten komischen Typen verknallst. Denn dann geht das Spiel ja bestimmt wieder von vorn los.«

Lea steigt die Zornesröte ins Gesicht. Gut, dass Friederike einige Tausend Kilometer entfernt ist, sonst würde sie ihrer Schwiegermutter jetzt direkt an die Gurgel gehen! Ständig teilt Friederike ihr ungefragt mit, dass sie von Leas Liebes- und Lebensentscheidungen rein gar nichts hält. Immer wieder die gleiche Leier, dass Juli am besten bei ihr groß werden sollte oder bei ihrem Sohn Paul und seinen Männern. Denn in dem Männerhaushalt herrschten wenigstens geordnete, liebevolle Familienverhältnisse, ganz im Gegensatz zu Lea mit ihrem toxischen Freund. Zweifelhafte Mutterskills, kinderfeindliche Wohnsituation, verblendete Liebe zu einem Spinner ... Diese Platte bekommt Lea permanent zu hören. Am liebsten würde sie jetzt einen heftigen Streit mit ihrer Schwiegermutter vom Zaun brechen, versucht aber, Ruhe zu bewahren, und wechselt daher schnell zu ihrem eigentlichen Anliegen.

»Gib mir bitte noch mal Juli!«, fordert sie.

»Das ist aber gegen unsere Abmachung, das weißt du!«

»Friederike, gib mir bitte meine Tochter!«

»Pfft. Wenn du unbedingt willst. Juuuuuuliiiiiiiii! Deine Mutter ist am Telefon!«, grölt Friederike in Stadionlautstärke, sodass Lea fast das Telefon aus der Hand fällt. Doch ein paar Sekunden später hört sie schon das freudige Getrappel ihrer Tochter im Hintergrund, bis sie endlich die beruhigend quäkige Stimme von Juli am Ohr hat. Lea ist wie beseelt. Sie erfährt, dass Juli heute mit Oma zum Blumenpflücken auf der Wiese war und sie anschließend Picknick auf einem Jägerhochsitz gemacht haben, um von dort mit Julis Aufnahmegerät Vogelstimmen einzufangen. Das muss man Friederike lassen: Ferienprogramm kann sie.

»Mama, wann kommst du denn wieder?«, fragt Juli zum Abschied, und Lea hat kurz Sorge, durch das Telefonat nun doch Julis Heimweh geweckt zu haben.

»Du musst noch fünf Mal schlafen. Schaffst du das?«

»Logo! Kannst du nicht noch ein bisschen länger wegbleiben? Es ist so schön hier bei Oma!«

Lea guckt verdutzt. Fast ist sie ein wenig gekränkt, dass Juli sie so wenig vermisst.

»Wieso? Was habt ihr denn noch alles vor?«

»Oma und ich bauen morgen einen Schneckenbeobachtungsgarten. Und dann auch noch ein Insektenhotel. Also, bitte komm nicht so schnell wieder, wir haben nämlich noch sehr viel zu tun. So, wir essen jetzt Abendbrot. Schüss!«

»Warte mal, Juli! Ihr esst jetzt erst Abendbrot? Musst du nicht langsam mal ins Bett?«

»Nö, ich bleibe heute noch ganz lange wach. Wir gucken noch Glühwürmchen!«

»Die siehst du aber erst, wenn es dunkel ist.«

»Na, deswegen machen wir ja auch eine Nachtwanderung zu den Glühwürmchen. Da muss es dunkel sein.«

»Ihr macht eine Nachtwanderung? Es ist doch jetzt gleich Schlafenszeit!«

»Oma sagt, ich soll ins Bett gehen, wenn ich müde bin. Und ich bin nicht müde.«

»Und so spät esst ihr Abendbrot?«

»Ja, es gibt Spaghetti-Eis.«

»Spaghetti-Eis? Das hattet ihr doch erst heute Nachmittag!«

»Ja und morgen zum Frühstück auch wieder. So lange, bis wir keins mehr mögen. Das sind die neuen Oma-Regeln! So, jetzt Schüss! Hab dich lieb. Für immer und ewiglich.« Damit ist das Gespräch für Juli beendet, und sie legt einfach auf.

»Tschüss, mein Schatz!«, sagt Lea noch und guckt dabei auf ihr tiefschwarzes Handydisplay. Immerhin macht ihr Juli noch Liebesschwüre, in der Pubertät werden es dann sicher Magengeschwüre, aber bis dahin ist ja noch ein bisschen Zeit. Lea muss das Ganze jetzt positiv sehen. Ihrer Tochter geht es gerade bestens. Außerdem war ja fest damit zu rechnen, dass sich Friederike nicht einen Deut an die Abmachungen hält. Dabei hatte Lea ihrer Schwiegermutter extra noch eine ausführliche Liste geschrieben, mit all den Regeln, die es zu beherzigen gilt. Wann Juli ins Bett geht, welche Essenszeiten eingehalten werden müssen, wie man mit ihr am besten die Zähne putzt, was bei Julis Wutanfällen zu unternehmen ist und so weiter und so fort. Dinge, um die sich Friederike überhaupt nicht schert, weil ja jetzt ihre Oma-Regeln gelten. Egal, Juli geht es gut, das ist die Hauptsache. Und der Rest sind, wie Friederike sagen würde: Bananitäten.

Kapitel 15

Nach dem gestrigen Telefonat mit Juli sind die Gedanken an Torsten sofort wieder verpufft. Die Trennung ist für alle Seiten definitiv das Beste, davon ist Lea überzeugt. Sie beschließt daher, ihren Single-Zustand einfach zu akzeptieren und die alberne Männersuche einzustellen. Vorläufig zumindest. In diesem Urlaub gibt es nun statt Flirts und Männergeschichten viel Zeit für sich selbst. Und genau das wollte sie ja auch. Bücher lesen, spazieren gehen, am Strand rumlümmeln. Neuanfang Egalpunktnull.

Als Erstes löst sie ihr Versprechen ein und begleitet die drei Jungs zu ihrer Coaching-Sitzung. Dort soll sie ja ihre freundschaftlichen Eindrücke zum Konflikt- und Sozialverhalten vorstellen. So sitzt Lea jetzt in einem hübschen, lichtdurchfluteten Raum und ist gespannt, was passiert. Mit der Love-Coachin versteht sie sich schon mal prächtig. Genau: Coachin! Bei den Berichten der Männer ist sie immer davon ausgegangen, dass es sich bei dem Coach um einen Mann handelt. Jedenfalls spürte Lea schon gleich bei der Begrüßung mit Küsschen rechts, Küsschen links diese unausgesprochene Frauensolidarität, so was wie Wir-sind-beste-Freundinnen-mach-mal-den-Sekt-auf-Stimmung. Sie musste verdammt aufpassen, sich nicht mit Lydia zu verquatschen, was auch deshalb schwerfiel, weil diese Frau nicht nur wahnsinnig sympathisch ist, sondern auch noch beneidenswert gut aussieht. So eine exzellent frisierte Wallemähne hätte Lea auch gerne. Von den tollen, geschwungenen Wimpern, dem perfekt geschminkten Gesicht, der sexy verrauchten Stimme ganz zu schweigen. Man kann es nicht anders sagen: Lydia ist einfach nur hinreißend. Auch der dichte Vollbart und ihre aufgeforstete Brustbehaarung ändern nichts daran, ganz im Gegenteil, das macht sie nur noch attraktiver.

Nachdem nun alle im Raum Platz genommen und sich mit Kaffee versorgt haben, eröffnet Lydia die Sitzung. Wider Erwarten startet jetzt kein saumseliges, klangschalenhaftes Sozialpädagogen-Blabla, sondern ein zackig durchstrukturiertes Gespräch. Mit resoluter Stimme wird Lea von der Coachin aufgefordert, ihre Beobachtungen beim Kanu-Ausflug zu schildern. Lea hat zwar ihren Notizblock dabei, aber da stehen keine wirklich brauchbaren Aussagen drin, außer: »Yacin schnauzt Mo an, weil Paul irgendwas gesagt hat, was Mo nicht verstanden hat, weil Yacin Paul immer nicht ausreden lässt und so Mo auch gar nicht checken konnte, dass Paul nicht klar war, wer mit wem in ein Boot soll, weil Yacin meinte, dass er nicht als Erster ...« Das Tagebuch einer Zwölfjährigen liest sich besser – und weist vor allem weniger grammatikalische Fehler auf. Eine therapietaugliche Analyse hat Lea also nicht vorzuweisen, so muss sie improvisieren. Sie überschlägt wie Lydia die Beine, wirft die Haare in den Nacken und bringt ihre Beobachtungen präzise zur Sprache. Das tut sie derart versiert, dass ihr Lydia hinterher glatt ein Lob ausspricht: Sie sei ein absolutes Vorbild in rücksichtsvoller und gewaltfreier Kommunikation. Diese Worte gehen runter wie Öl, schade, dass Torsten sie nicht hören konnte. Zugegebenermaßen ist es auch viel einfacher, schlau über andere zu sprechen, als seine eigenen Unzulänglichkeiten zu erkennen. Leas Beitrag jedenfalls ist derart hilfreich, dass zügig Paragraf vier des Love-Vertrages verabschiedet werden kann: Verhalten im Konfliktfall. Kaum ist die Vereinbarung von allen unterzeichnet, gibt es wie immer Sekt, um auf den neuen Paragrafen anzustoßen. Beim Umtrunk verkündet Lydia zudem, dass die Männer ab sofort von den Freizeitmaßnahmen befreit sind. Sie legt aber allen vieren dringend ans Herz, beim Musical weiterzumachen. Ein Ziel, auf das man gemeinsam als Team hinarbeitet, sei eine unfassbar wichtige Erfahrung. Das Erfolgserlebnis am Schluss werde sie viel enger zusammenschweißen, prophezeit Lydia. Ob es sich dabei wirklich um ein Erfolgs- und nicht eher um ein Misserfolgserlebnis handelt, bleibt aus Leas Sicht abzuwarten. Nachdem der Sekt ausgetrunken ist, steht für die Männer ein Nähe-Training auf dem Programm. Lea darf gerne mitmachen oder sich an dieser Stelle verabschieden. Sie wählt natürlich den Abgang, denn bei paartherapeutischem Kuschelkram wird sie sicher auf der Stelle melancholisch. Bevor sie unangenehm auffällt, die Sitzung stört, rumheult und der ganze Therapieerfolg baden geht ... geht sie lieber selbst baden, und zwar im Meer.

Lea wirft ihre Tasche auf eine freie Liege am Strand, die glücklicherweise mit einem Sonnenschirm ausgestattet ist. Die meisten Liegen sind schon besetzt, und sie benötigt definitiv einen Platz im Schatten. Die Zeiten als Bräunungsathletin hat sie nämlich schon lange hinter sich gelassen. Mittlerweile perlt auch der klassische Spruch »Hey, zurück aus dem Urlaub? Du bist ja gar nicht braun geworden« völlig an ihr ab. Sonnenbrand oder übertriebene Bräune ist ja glücklicherweise gesellschaftlich ähnlich verpönt wie Rauchen, maßloser

Fleischkonsum und Vielfliegerei. Sonnengegerbte Haut zeugt aus Leas Sicht auch nicht von einem wachen ästhetischen Empfinden, sondern eher von mangelnder Selbstkontrolle – und Bock auf Hautkrebs. Sie arbeitet daher lieber mit hochwertigen UV-Filter-Produkten gegen die Sonne an, weil ihre Haut sowieso nur drei Farbnuancen kennt: weiß, rosa – und in sonnenintensiven Zeiten beige. Lea sagt dazu euphemistisch bronze. Bei diesen Voraussetzungen macht ein heroisches Eifern um die schnellste Bräune sowieso keinen Sinn.

Kaum hat Lea ihr Handtuch auf der Sonnenliege drapiert, toben vier junge Männer aus dem Wasser und lassen sich grölend auf die Liegen neben ihr fallen. Aus dem Augenwinkel erkennt Lea sofort das hühnerbrüstige Bürschchen vom Pool wieder, dessen Badehose die Zerreißprobe offenbar unbeschadet überstanden hat. Auch die Jungs haben das Wiedersehen mit albernem Kichern zur Kenntnis genommen, gackern wie wohlstandsverwahrloste Privatschulsöhne, sodass Lea glatt erwägt, ihren Notfall-OB in die Ohren zu stopfen. Die Jungs balgen und kreischen, plaudern über Lieblings-GIFs und wer was wie auf Instagram gepostet hat. Apropos, Lea greift zum Handy und checkt bei der Gelegenheit ihr eigenes verwestes Instagram-Profil. In einem Anflug von Herzeige-Trieb und Postkarten-Reminiszenz postet sie spontan ein Foto: Ihre Beine und Füße im hellen Sand, mit lackierten Fußnägeln, türkisem Wasser im Hintergrund, dazu ein strahlend blauer Himmel. »Schöne Urlaubsgrüße!«, schreibt sie für ihre paar Follower dazu, hinterlegt den Ort Hyakinthos, und fertig ist die Laube! Ihr Urlaubsbild ist für die Insta-Welt vermutlich genauso interessant wie die Squaredance-Aufführung einer rüstigen Seniorengruppe aus Hildesheim-Drispenstedt. Aber egal, immerhin bleibt man über dieses soziale Netzwerk mit einigen Bekannten lose in Kontakt. Derweil haben die Jungs neben ihr auf den Liegen ihre tragbaren Lautsprecher herausgeholt, drehen die Beats hoch und rauchen E-Zigaretten, die fürchterlich nach Apfel-Aroma stinken. Leas Geduldsfaden ist kurz vorm Zerreißen. Was gibt es Würdeloseres, als sich einen Zigaretten-USB-Stick in den Mund zu stecken und dann zu qualmen wie ein New Yorker Gullideckel? Wenn sie Raucherin wäre, würde sie sich lieber zwei Schachteln Filterlose reinziehen, als auch nur in die Nähe solcher Ersatzlutscher zu kommen. Doch bevor Lea nun gleich in die nächste Auseinandersetzung schlittert, über Rücksichtnahme, Respekt und Ruhe doziert, tritt sie lieber den Rückzug an. Das war ja letztes Mal schon ein kluger Schachzug. Sie hat definitiv Besseres zu tun, als diesen Kindern beim Erwachsenwerden zuzuhören. Sie muss entspannen. Und zwar Hardcore.

So packt sie ihre Siebensachen, gratuliert den Nervensägen zum territorialen Geländegewinn und schwirrt ab. Sie durchstreift die Reihen mit den Liegen und kommt sich vor wie ein Aasgeier, der sich auf Beute stürzen will. Doch es ist gar nicht so einfach, einen Platz zu finden, der nicht völlig eingequetscht zwischen Bräunungspilgern oder Krawallschleudern liegt und noch dazu mit einem Sonnenschirm ausgestattet ist. Ganz am Ende entdeckt sie schließlich genau das, wonach sie sucht. Sie beschleunigt ihren Schritt, damit ihr nicht in letzter Sekunde einer die Liege vor der Nase weggeschnappt. Doch je näher sie ihrem Ziel kommt, umso klarer wird ihr auch, warum der Platz dort am Rand noch frei ist: Auf der Nachbarliege hat sich Hendrik ausgestreckt, mit einem Politmagazin vor der Nase. Vermutlich hatte keiner der Typen am Strand Bock, neben ihm Platz zu nehmen, weil man sich dann sofort fühlt wie das hässliche

Entlein. Es gibt ja Menschen, die wirken einschüchternd, allein weil sie ein Stück zu gut aussehen oder eine lässigere Art haben als man selbst. Man bewundert den flacheren Bauch, das vollere Haar, die besseren Zähne, aber gerade im Urlaub hat man einfach keine Lust, sich mit seinem Minderwertigkeitskomplex zu beschäftigen, und meidet solche direkten Vergleiche – insbesondere auf Strandliegen. So ein Verhalten kann Lea jedenfalls absolut nachvollziehen. Aber als Frau spielt sie ja hier in einer anderen Liga. Daher stellt sie ihre Strandtasche auf der Rückenlehne der freien Liege ab und wartet auf eine Reaktion. Hendrik scheint jedoch derart vertieft in seinen Artikel zu sein, dass er nicht mal hochguckt. Auch okay, denkt sich Lea. Sie will ja gar nicht quatschen, sondern ebenfalls in Ruhe lesen und dem Meer beim Wellenzubereiten zuschauen. Doch plötzlich zuckt Hendrik neben ihr zusammen.

»Meine Güte! Hast du mich erschreckt!«, sagt er und fasst sich theatralisch an die Brust.

»Sorry, das war nicht meine Absicht. Kannst du meinen Anblick ertragen, oder soll ich mir lieber wieder das Palmenkostüm anziehen?«, flachst Lea.

Er lacht. »Nee, ist schon okay. Ich war nur gerade völlig in meine Zeitschrift vertieft.«

»Das habe ich gemerkt, ich wollte nicht stören.«

»Du störst nicht.« Hendrik macht eine einladende Geste, und während sich Lea auf ihrer Liege einrichtet, wühlt er sich durch seine überdimensionierte Strandtasche. Für sie ist es durchaus wohltuend zu sehen, dass auch Männer die Vorzüge von großen Taschen zu schätzen wissen. Wenn man bei dem Exemplar von Hendrik einen Schlüssel reinwirft, hört man vermutlich erst drei Sekunden später das Echo.

»Ah, habe ich dich!«, sagt er schließlich und fischt triumphierend eine Tube mit Lichtschutzfaktor fünfzig hervor. »Brauchst du auch Sonnenmilch?«

»Nee, ich bin laktoseintolerant!«, sagt sie und ist ein bisschen stolz auf ihren Witz. Hendrik grinst und bemerkt die dicke Schicht Creme auf ihren Beinen. »Ach, auch Hautkrebspanik?«

»Voll! Ich bin im letzten Urlaub in der Sonne eingeschlafen, und das Resultat hat mich ganze zwei Wochen begleitet!«

»Ich dachte auch am ersten Tag, dass ich mich nicht eincremen müsste, weil ich ja nur im Schatten sitze ... meine Schultern sahen das aber definitiv anders.«

Lea hat mittlerweile eine bequeme Liegeposition gefunden und beobachtet Hendrik aus dem Augenwinkel, wie er sich große Kleckse Sonnencreme auf Beine, Bauch und Gesicht sprotzt und das Ganze verreibt, bis er glänzt wie ein Pfund Butter.

»So, fertig! Was hältst du jetzt von einem Käffchen?«, fragt er. »Ich lade dich ein.«

»Gerne. Aber bring mir lieber ein Mineralwasser mit. Wenn ich heute noch mehr Kaffee trinke, heißt meine Blutgruppe Arabica.«

»In Ordnung!«, sagt er und ist fünf Minuten später mit einer Flasche Wasser wieder zurück, sich selbst hat er einen Cappuccino mitgebracht.

Sie bedankt sich, nimmt ein paar Schlucke direkt aus der Pulle und lässt sich wieder bequem in die Liege fallen. »Jetzt haben wir uns zwar schon ein paarmal gesehen, aber so richtig viel weiß ich immer noch nicht über dich. Wer bist du eigentlich?«

»Ist das ein Kaffeekränzchen oder ein Verhör?«, fragt Hendrik mit einem Lächeln.

»Ganz wie du willst. Zur Info: Ich bin diplomierte Küchen-Psychologin.«

»Ach, da haben wir beide was gemeinsam. Also, mein Name ist Hendrik Wettmar, ich bin fünfunddreißig Jahre alt, Sternzeichen Widder, wie du ja weißt. Direkt nach der Schule habe ich eine Metzgerlehre gemacht, bin dann in die Fänge einer indischen Sekte geraten, musste dort jahrelang Zierkürbisse züchten, bis mir schließlich die Flucht gelang und ich jetzt meiner eigentlichen Bestimmung folge, als Sinnfluencer Schminktipps auf YouTube zu geben. Klärt das deine Fragen?«

Lea lacht. »Nicht schlecht. Auf deine Schminktipps bin ich gespannt.«

»Die Wahrheit ist leider völlig profan: Nach dem Abi habe ich mit Ach und Krach mein Psychologiestudium geschafft und bin dann über Umwege bei der Zeitschrift *Feelings* gelandet, einem Lifestyle-Magazin. Vielleicht schon mal gehört?«

Hendrik hat echt Psychologie studiert? Lea fühlt sich kurz unwohl. Denn immer wenn sie jemanden trifft, der sich ernsthaft mit dem Thema Psychologie beschäftigt hat, spielt sich in ihrem Kopf ein hirnrissiger Selbstkontrollfilm ab. Dieser trägt den Titel: »Ich bin völlig normal und muss mich überhaupt nicht verstellen.« Das äußert sich leider im kompletten Gegenteil, in übertriebenem Lachen oder einem völlig aufgesetzten Verhalten, womit sie sich vermutlich erst recht als überfälligen Therapiefall entlarvt. Eine Spur zu überdreht antwortet sie daher auf Hendriks Frage: »Hey, ich glaube, diese Zeitschrift habe ich im Flughafen durchgeblättert.«

»*Feelings*: Fühle! Atme! Lebe!«, deklamiert er mit einer übertriebenen Werbestimme. »Wir haben gerade einen Auflagenrekord gebrochen.«

»Cool. Und was machst du da bei der Zeitschrift?«

»Ich verantworte die Herzensecke ›Dein Raum für freie Fragen‹. Hier beantworte ich die Zuschriften einiger schwer durchgeknallter Leute. Natürlich unter Pseudonym.«

»Aha, und wie lautet dein Pseudonym? Nur für den Fall, dass ich mich auch mal an dich wenden will.«

»Dr. Evelyn Baumann«, antwortet Hendrik, ohne die Miene zu verziehen.

Lea bricht in schallendes Gelächter aus. »Du bist Dr. Evelyn Baumann?!« Sie kriegt sich kaum mehr ein. »Dann habe ich im Flughafen wirklich deine Herzensecke gelesen. Du hattest in der Ausgabe eine superpatente Antwort zu dem Thema ›Düngen mit Eigenkot‹.«

»Fast. Es ging um eine Eigenurin-Trinkkur«, sagt er grinsend. »Aber ja. Das bin ich. Du ahnst gar nicht, wie viele harte Eso-Freaks es da draußen gibt, die heftig einen an der Klatsche haben.«

»Doch, das glaube ich dir sofort. Einen davon habe ich gerade aus meiner Wohnung geschmissen!«, sagt Lea und spürt, wie ihr Herz vor Aufregung ein paar Takte schneller schlägt. Sie räuspert sich, blickt verstohlen auf Hendriks knallorange Badehose, screent seinen athletischen Oberkörper und spürt eine gewisse Regung. Glücklicherweise schaltet sich sofort der Wehe-du-verknallst-dich-wieder-in-einen-schwulen-Typen-Seismograf ein, sodass sie unter erheblichem Kraftaufwand der inneren Elektrisierung den Strom abstellt und zur Ablenkung radikal das Thema wechselt. »Und was hat dich hier auf die Insel verschlagen?«

Hendrik nimmt einen Schluck von seinem Cappuccino. »Ich bin mit Hauke hier, also das ist mein …«

»… Freund! Keine Sorge, das Update habe ich auch bekommen. Meine Geschichte mit Demetrios hat sich ja offenbar im Resort schon rumgesprochen.«

Hendrik streicht sich eine blonde Strähne aus dem Gesicht. »Ja, schon. Aber so schlimm finde ich das gar nicht.«

»Danke für deinen Zuspruch, aber glaub mir: Es war schrecklich!«

»Du, ich möchte da übrigens gleich mal was klarstellen …«

»Unbedingt!«, antwortet Lea wie ein Schmetterball. »Denn falls du es auch mal mit einer Frau versuchen willst, bitte nicht mit mir. Mein Bedarf an Experimentierlust ist ausreichend gedeckt.«

»Ähm, ach so … nee, keine Sorge …«

»Gut!«, fährt sie ihm ins Wort, »denn was ich jetzt überhaupt nicht brauchen kann, sind Männer wie Demetrios, die mal was Neues ausprobieren möchten. Ich bin doch kein Auto, das man probefahren kann.«

»Klar, verstehe ich, aber …«

»Weißt du, ich will in diesem Urlaub überhaupt keine Männergeschichten mehr, sondern nur noch meine Ruhe!«, fährt sie fort. »Bitte nicht falsch verstehen! Was ich sagen will, ist, dass mir schwule Männer wie du gerade viel lieber sind als irgendwelche Macker, die Emotionsoutsourcing an Themen wie Fußball, Siebzig-Zoll-Bildschirme und Weber Grills betreiben. Das musste ich lange genug ertragen. Ich brauche jetzt einfach mal eine Hetero-Auszeit!«

Hendrik nickt und verreibt eine letzte Sonnencreme-Insel auf seinem Oberschenkel. »Dann ist doch alles perfekt«, sagt er, und Lea nickt zustimmend.

Sie muss kurz den Namen von Hendriks Freund rekapitulieren, um den Gesprächsfaden wieder aufzunehmen. »Also, mit Hauke bist du hier«, sagt sie und erinnert sich sofort an den unsympathischen Stressvogel, der ihren Plausch beim Frühstückstisch unterbrochen hat. Komisch, dass so ein netter Kerl wie Hendrik sich eine derart eifersüchtige Furie ans Bein bindet. Wo die Liebe hinfällt ... muss man sie ja nicht aufheben.

»Ja, genau. Wir wollten einfach mal wieder raus und entspannen«, sagt Hendrik. »Keine Wanderungen, keine Besichtigungen, keine Museen, keine Kultur, sondern einfach nur ausschlafen und runterkommen.«

»Und dann machst du freiwillig bei einer Musical-Show mit?«

»Ich stand noch nie auf einer Bühne und wollte das mal ausprobieren.«

»Und Hauke?«

»Ach, der hat auf so was keinen Bock.«

»Stress?«

»Nö, kann man so nicht sagen. Aber wir hängen hier ja permanent aufeinander. Da ist es ganz wohltuend, wenn man sich mal aus dem Weg geht und jeder sein Ding machen kann.«

»Aha, und was ist dein Ding?«

»Lesen, Sport, Musik hören! Und nette Leute wie dich kennenlernen!«

»Na ja, nett war ich ja nur am Anfang. Wie bin ich eigentlich jetzt?«, fragt sie vergnügt.

»Mit Macken, aber noch brauchbar. Für eBay reicht's!«

Sie lacht und schlägt ihm sanft auf den Arm.

»So, aber genug von mir. Jetzt bist du dran mit Erzählen!«, sagt Hendrik.

»Halt, Moment, eins muss ich noch wissen. Liebst du Hauke eigentlich? Ihr wirkt so ... entfernt?«

Hendrik ist etwas verlegen.

»Okay, sorry, ich ziehe die Frage zurück«, sagt Lea. »Ist wohl zu direkt.«

»Nee, schon in Ordnung«, sagt er und denkt kurz nach. »Also, klar liebe ich ihn. Aber anders. Wir haben auch immer mal wieder längere Kontaktpausen, in denen jeder machen kann, was er will. Und das ist für uns beide völlig okay.«

Sie nickt stumm und fühlt sich erneut ertappt. Wenngleich so eine flexible Beziehung wie die von Hendrik und Hauke bestimmt nicht ihrer Wunschvorstellung entspricht, zeigt es doch, welche Spielarten möglich sind. Man trennt sich, jeder probiert was aus, man findet wieder zusammen oder auch nicht. Alles geht – irgendwie. Und das ist doch ein unglaublich befreiender Gedanke.

»Alles in Ordnung bei dir?«, fragt Hendrik. »Jetzt habe ich dich total zugelabert, stimmt's?«

»Quatsch! Überhaupt nicht. Bei mir ist alles nur leider halb so spannend wie bei dir.«

»Ich glaube dir kein Wort. Paul hat mir bei einer Probe erzählt, dass ihr beide verheiratet seid, ein Kind habt, ihr aber nicht als Paar zusammenlebt, euch aber dennoch super versteht, er in einer schwulen Dreierbeziehung steckt, du hingegen eine Trennung von deinem Freund zu verdauen hast, mit dem du eigentlich Kinder wolltest. So ganz langweilig scheint dein Leben also auch nicht zu sein.«

Lea ist baff. »Wenn ich Paul erwische«, sagt sie in gespieltem Zorn, »werde ich dieser Tratschtante die Ohren langziehen. Darauf kannst du dich verlassen.«

Hendrik lacht.

»Also, ich fasse mich kurz«, fährt Lea fort. »Wenn man meine ganzen Fehlgriffe mit Männern als Talent bezeichnen möchte, bin ich definitiv das Japan unter den

Inselbegabungen. Wobei Paul kein Fehlgriff war, sondern ein Lottogewinn, den ich leider wieder zurückgeben musste.«

»Kenne ich! Ich bin auch voll die Niete in der Liebe«, sagt Hendrik. »Zuerst war es bei mir total schwer, überhaupt jemand zu finden, und dann waren die Beziehungen meist kurz, schwierig und schmerzhaft.«

»Ach komm! Du musst doch nur mit dem Finger schnipsen, und die Kerle bestellen schon den Umzugswagen.«

»Da täuschst du dich gewaltig. Du weißt gar nicht, wie viele Stunden ich schon in trostlosen Dating-Portalen rumgestochert habe. Wie ist das denn bei dir? Suchst du wieder einen neuen Partner?«

»Ach, so weit kann ich noch gar nicht denken. Die Trennung ist ja erst ein paar Tage her.«

»Erzähl!«

Und so berichtet Lea in groben Zügen von den demütigenden Erlebnissen mit Torsten, wobei Hendrik immer mal wieder an den richtigen Stellen lacht und in den passenden Passagen richtig mitleidet.

»Ich wurde die ganze Zeit mies ausgenutzt«, bringt Lea ihre Geschichte auf den Punkt. »Deshalb steht für mich fest, dass ich nie wieder angelogen werden möchte. Ich habe für mich beschlossen, egal, wie klein die Lüge auch ist, ich werde das in Zukunft nicht mehr akzeptieren.«

Hendrik stutzt.

»Ja, ist so!«, insistiert sie. »Wenn ich zum Beispiel beim ersten Date – falls ich denn überhaupt mal wieder eines haben sollte – herausfinde, dass der Typ einen SUV fährt statt wie behauptet ein Elektroauto, ist für mich die Sache sofort durch. Ich habe keine Toleranz mehr gegenüber Lügnern.«

»Stimmt. Ehrlichkeit ist superwichtig ...«, sagt Hendrik und wischt sich den Schweiß von der Stirn. »Puh, ich schmelze gerade wie ein Dalí-Gemälde. Was hältst du davon, wenn wir ins Wasser gehen?«

»Super Idee, ich muss auch total dringend!«

Hendrik wirft ihr einen skeptischen Blick zu.

»Ähm, ich muss total dringend ... ein paar Schwimmzüge machen!«, korrigiert sie kleinlaut.

»Keine Sorge, ich muss auch pinkeln. Ich gucke nur so, weil du immer noch deine Klamotten anhast.«

Stimmt, ihr Sommerkleid. Wozu hat sie sich den schicken Bikini gekauft, wenn sie ihn gar nicht herzeigt? Also weg mit dem Fummel ... und rein ins Wasser.

Kapitel 16

Am Strand sind Lea und Hendrik so ins Gespräch vertieft, dass sie gar nicht merken, wie schnell die Zeit vergeht. Sie entdecken immer neue Gemeinsamkeiten, unter anderem die Tatsache, dass beide nur knapp dreißig Kilometer voneinander entfernt im selben Bundesland aufgewachsen sind. Sie erzählen sich lustige Geschichten aus ihrem Leben, ein Wort gibt das andere, und mit Erschrecken stellen sie fest, dass sie glatt die erste Stunde der Musical-Probe verschwitzt haben. So raffen sie schnell ihre Sachen zusammen und eilen zum Probenraum, wo ihr Fehlen schon äußerst kritisch zur Kenntnis genommen wurde. Lea muss sofort zum Vorsingen auf die Bühne, um sich nach dem Durchlauf prompt vom Gesangslehrer die Kritik abzuholen, dass man bei ihr aktuell noch nicht raushören könne, ob sie *Jingle Bells*, *Die Eiskönigin* oder ein Potpourri aus Bollywood-Elementen singe. Lea weiß gerade nicht, ob der Coach einfach nur seinen Frust wegen der Verspätung an ihr auslässt oder ob ihre Einzelleistung tatsächlich so katastrophal ist. Sie lässt sich jedenfalls nicht provozieren. Sie hat ja außerdem noch drei Tage Zeit, um zu üben. Und wenn man kein Talent hat, muss man eben das Misslingen zur Absicht erklären. Interessanterweise ist das Tönetreffen überhaupt nicht das Problem, vielmehr bringen sie die ganzen Tipps des Lehrers völlig aus dem Konzept. »Keine Brust-, sondern Bauchatmung«,

»Achte darauf, wie die Luft ausströmt«, »Kiefer locker lassen«, »Mehr Präsenz in der Stimme«, »Konzentriere dich auf den vorderen Gaumen« … Als der Gesangscoach auch noch verlangt, dass sie sich rhythmisch zum Song bewegen und dabei den Viervierteltakt klatschen soll, geht bei Lea gar nichts mehr. Volle Gesangsblockade. Sie nimmt sich daher vor, in den kommenden Tagen den Originalsong in Endlosschleife zu hören, in der stillen Hoffnung, dass irgendwas davon hängen bleibt. Aber die anderen Teilnehmer sind ja zum Glück auch kein Stück besser, und immerhin wird sie in ihrem *Eiskönigin*-Kleid zuckersüß aussehen. Das muss im Zweifel reichen.

Dieser Probennachmittag wird auf der Minusskala nur noch dadurch getoppt, dass die ganze Gruppe nach den Einzelproben die einstudierten Tanz- und Songelemente im Kostüm vortragen soll. Schritte, Bewegungen, Gesten würden verkleidet anders ausfallen als in ihren Freizeitklamotten, behauptet der Trainer. Es ereignet sich dann die fatale Situation, dass Lea beim Kostümwechsel auf einmal in der Palmenpresswurst feststeckt, wild darin herumzappelt und erst freikommt, als ihr Hendrik im Brustbereich die Druckknöpfe öffnet. Er ist ihr auch freundlicherweise behilflich, das Kostüm abzustreifen, jedoch verliert Lea bei diesem Manöver dummerweise das komplette Bikini-Oberteil und steht plötzlich oben ohne vor Hendrik da. Er glotzt perplex, während Lea einen kehligen Lacher ausstößt. Sie klingt dabei so irre, dass es sich bei der Diagnose nur um Blößenwahn im Endstadium handeln kann. Anstatt aber nun gentlemanlike wegzugucken, ist sich Hendrik nicht zu blöde, Leas tollen Körper zu loben. Ehrlicherweise sind seine Worte wohltuend wie eine Wellnessmassage und versöhnen sie kurzzeitig mit ihrem After-Baby-Body. Das ändert allerdings nichts an der Tatsache, dass die Situation trotzdem äußerst peinlich ist. Vollends skurril wird es jedoch, als Lea und Hendrik zeitgleich auf die Knie gehen, um in der Palmenpelle nach dem fehlenden Badetextil zu suchen. Dabei stoßen sie so heftig mit den Köpfen aneinander, dass beide regelrecht zu Boden fallen und sich minutenlang an ihrer ganz persönlichen Lightshow erfreuen – mit Blitzen, Punkten und funkelnden Sternen. Immerhin bleibt ihnen so der letzte Probenteil erspart. Sie lassen sich an der Bar Eiswürfel geben, pressen die Kühlung an die Köpfe und quatschen einfach weiter. Zwei wie Pech und Schwafeln.

Der nächste Tag verläuft ähnlich: Während Paul, Mo und Yacin bei Lydia ihr Coaching absolvieren, frühstücken Lea und Hendrik zusammen, ehe sie beschließen, im Meer schwimmen zu gehen. Sie dämmern unter den Sonnenschirmen, schlendern später zum Mittagessen, und Lea kann sich nicht erinnern, wann ihr das Nichtstun das letzte Mal so leichtfiel. Vom Land ins Wasser, aus der Sonne in den Schatten, vom vollen Glas zum leeren Glas, kurz zur Probe, dann wieder zurück zum Steg, um mit Hendrik auf dem Bootsanleger der Sonne bei ihrem melodramatischen Abgang zuzuschauen. Der Himmel wird pink, lila, türkis, pastellfarben, bis es irgendwann komplett dunkel ist. Nur die Sterne über ihnen, die prangen hell.

Alles ist perfekt. Eigentlich. Doch keiner kann sich vorstellen, wie anstrengend es ist, jemanden nicht zu küssen. Neben Hendrik zu sitzen, ihn verstohlen von der Seite anzugucken, seine charmante Art zu bewundern, seinen Wortwitz und diesen unschlagbaren Optimismus, das ist wunderbar – und zeitgleich brutal. Irgendwas in ihr will abhauen, ein anderer Teil kann nicht weg. Ihr

Kopf sagt: »Nimm die Beine in die Hand, und lauf!« Aber ihr Bauch erwidert: »Bleib, wo du bist!« Alle Alarmglocken schrillen, die innere Verknalltheitssirene heult. Lea hört das alles – aber es ist ihr in diesem Moment völlig egal.

Schwups, steht auch schon der nächste Tag vor der Tür. Lea hat gerade das Gefühl, dass der Urlaub in Windeseile an ihr vorbeizieht. Dabei ist doch gerade alles herrlich entspannt und genau so, wie sie es sich vorgestellt hat. Aber schöne Zeit vergeht immer schnell, da wird der heutige Tag auch keine Ausnahme bilden, denn Lea und Hendrik haben sich zum Tauchen verabredet. Zwar liegt Leas letzter Tauchgang schon einige Zeit zurück, aber Tauchen verlerne man nicht, hat Hendrik beteuert und sie damit mehr oder weniger zum Ausflug überredet. Außerdem hat sie in ihrer Unfallversicherung Tauchen als gefährliches Hobby eingeschlossen und zahlt dafür einen hohen Risikoaufschlag. Die Kohle soll sich endlich mal rentieren.

Lea springt auf das kleine Ausflugsschiff, auf dessen Sonnendeck sich bereits einige Männer auf ihren Handtüchern aalen. Auch Hendrik ist schon an Bord und schraubt an einer Tauchflasche. »Die Idee mit dem Tauchen war hervorragend«, ruft Lea ihm zu.

Er wischt sich die Hände an der bunten Badeshorts ab und lächelt. »Finde ich auch! Schön, dass du da bist. Komm!«

Sie präparieren gemeinsam die Ausrüstung, verstauen die Kisten mit Flossen und Masken unter den seitlichen Sitzbänken, und schon lässt der Bootsführer den Motor an. Sie legen ab. Leas Herz hüpft. Als sie den Tauchspot erreichen, kommen alle zusammen, um vom Guide Einweisungen für Lage, Route und Strömung zu erfahren.

Witzigerweise heißt der Guide Guido. Wahrscheinlich haben seine Eltern schon bei der Geburt gewusst, was aus dem Bengel einmal werden sollte.

Hendrik und Lea sind Buddies, das heißt, sie bilden ein Tauchteam unter Wasser. Sie überprüfen gegenseitig das Tauchgerät, checken Ausrüstung, Druckstände, Blei und Anzeigen, ehe sie zu den anderen mit einem weiten Ausfallschritt ins Wasser plumpsen. Dort warten sie auf das Zeichen vom Guido-Guide, lassen schließlich die Luft aus den Westen und sinken in die Tiefe.

Tauchen ist wie plötzlich verknallt sein. Oberhalb der Wasseroberfläche ist alles noch ganz leicht, man plaudert und scherzt, aber wenig später unter Wasser ist die Welt komplett anders. Man kann nicht mehr vernünftig reden, das Sichtfeld ist eingeschränkt, und durch die rosarote Taucherbrille erscheinen die Dinge viel größer und näher, als sie tatsächlich sind. Keinen Boden mehr unter den Füßen, schwebend, fast schwerelos. Schnorcheln dagegen ist wie ein plumper One-Night-Stand: Man planscht ein bisschen an der Oberfläche, aber kommt niemals in die Tiefe.

Es dauert ein wenig, bis Lea der Druckausgleich unter Wasser gelingt und sie mit jedem Meter, den sie nach unten sinkt, ruhiger atmet. Hendrik fragt mit dem Tauchzeichen: »Alles okay?«, Lea bestätigt, und so trudeln sie weiter bis zum Meeresgrund. Dort angekommen, setzt sich das gesamte Tauchteam in Bewegung. Die Sicht ist klar, und so paddeln sie vorsichtig zu den ersten Felsgebilden, aus dessen Höhlen und Einbuchtungen kleine, quirlige Fischschwärme herausschießen. Hendrik und Lea bilden das Schlusslicht des Trupps, alle anderen kleben an den Flossen von Guido. Lea hält sich lieber an Hendrik, der alle paar Meter irgendetwas Sehenswertes entdeckt. Er zeigt auf Fischschulen, die hinter ihnen vorbeiziehen, er findet verschiedene Meerespflanzen, Seeanemonen und getarntes Kriechzeugs. Doch plötzlich stoppt er und deutet auf eine Felsspalte. Sie lassen sich auf die Knie sinken, er beugt sich vor und gibt schließlich den Blick auf eine kleine Kluft frei. Er fragt Lea mit Zeichen, ob sie es ebenfalls sehe. Aber außer irgendwelche Naturschwämme und Steine entdeckt Lea nichts. Sie guckt zu Hendrik, zuckt mit den Schultern, woraufhin er mit seinen Fingern ein Herz formt. Ist das eine Liebeserklärung? Leas Herz schlägt Purzelbäume. Doch er zeigt immer wieder auf die Felsspalte, und nun sieht auch Lea das Wunderbare: zwei kleine Seepferdchen, die sich küssen und dabei schwungvoll im Wasser treiben. Sie wirbeln umher, schlingen sich spiralförmig umeinander, und fast sieht es so aus, als würden sie tanzen. Lea und Hendrik knien vor dem Liebespaar, schauen ihnen zu, wie sie kreisen und taumeln. Lea ist aufrichtig gerührt, sie holt einmal tief Luft und blickt zu Hendrik, der ebenfalls seufzt und Luftblasen nach oben steigen lässt. Sie lächeln. Die Tauchgruppe inspiziert gerade irgendeine Felswand, sodass diese kleine Entdeckung ihnen ganz allein bleibt. Nach einiger Zeit stoßen sich Hendrik und Lea wieder vom Boden ab, die Seepferdchen trudeln weiter in ihren Bahnen, und als Lea sich ein letztes Mal zu ihnen umdreht, hat sie das Gefühl, dass ihre Körper leuchten. Vor Glück.

»Wollen wir nach oben an Deck?«, fragt Hendrik, nachdem sie ihre Tauchsachen wieder sicher auf dem Schiff verstaut haben. Lea nickt, sie schnappen sich ihre Handtücher, und Hendrik erklimmt schon die Leiter, während sie noch schnell zwei Mineralwasser und zwei große Stücke Honigmelone aus der Kühlbox nimmt. Er hat schon ein schattiges Plätzchen unter dem Sonnensegel gefunden, als sich Lea zu ihm setzt und beide in bester Laune ihre Melone essen.

»Sag mal, kennst du Ludwig Marcuse?«, fragt Hendrik auf einmal. Sie schüttelt den Kopf. »Der hat davon geschrieben, dass wir nicht das große Glück suchen müssen, sondern uns vielmehr um die kleinen Glückspartikelchen bemühen sollten. Die vielen winzigen, wunderbaren Momente, die uns jeden Tag begegnen und die am Ende in Summe das große Glück ergeben. Und ich weiß jetzt schon, dass dieser Nachmittag eins dieser Glückspartikelchen ist.«

Lea hat eine Gänsehaut, seine Worte treffen sie mitten ins Herz.

»Ich stelle mir immer vor ...«, erzählt er weiter, »... dass diese Glückspartikelchen wie kleine Glühwürmchen sind, die in dir glühen und den ganzen Mist, den man so erlebt, mit ihrem Zauberlicht weglasern. Irgendwie albern, was?«

Lea schüttelt den Kopf, nah am Schleudertrauma. Beklommen beißt sie in ihre Melone und kaut entschlossen. Das hilft hoffentlich. Gegen Verknallen.

»Sorry, war albern, ich weiß«, entschuldigt sich Hendrik.

»Überhaupt nicht«, erwidert sie schnell. »Das Bild mit den Glühwürmchen ist wunderschön. Könnte von meiner Tochter stammen. Ihretwegen kenne ich mich mit Glühwürmchen bestens aus!« Lea legt die angeknabberte Melonenschale zur Seite. »Wusstest du, dass Glühwürmchen nur für die Liebe leben? Sie fressen sich als Larven ganz viel Energie an, damit sie am Ende ihres Lebens ein paar leuchtende Tage haben. Sie nehmen zum Schluss keine Nahrung mehr auf und leben nur noch von der Liebe. Nicht schlecht, oder?«

»Am Ende des Lebens die Erleuchtung haben? Das klingt verdammt gut«, sagt Hendrik grinsend.

»Durch das Leuchten finden Männchen und Weibchen zusammen, aber nach der Begattung sterben die Tiere. Sie bereiten sich ein Leben lang darauf vor, in Liebe zu verglühen. Ist das nicht schön?«

»Ja, aber irgendwie auch tragisch!«, sagt Hendrik. »Machen die Glühwürmchen beim Sex eigentlich das Licht aus?«

»Du wirst lachen: ja!«

»Krass. Bist du auch ein Glühwürmchen, oder woher weißt du das alles?«

»Wie gesagt, meine Tochter ist ganz vernarrt in die Viecher. Sie hat mich mit so vielen Fragen gelöchert, dass wir alles dazu gelesen haben.«

»Von deiner Tochter hast du noch gar nicht viel erzählt.«

»Na ja, Kinderkram und Muttigenöle ist jetzt auch nicht so richtig interessant, oder?«

»Doch, voll. Könnte nur sein, dass ich neidisch werde. Denn in puncto Fortpflanzung habe ich zwar durchaus theoretische Kenntnisse, aber zur praktischen Umsetzung kam es nie.«

»Bei zwei Männern dürfte das mit der Befruchtung auch schwierig werden, habe ich mal im Bio-Buch gelesen. Ansonsten ist Fortpflanzung von der Natur bewusst niedrigschwellig angelegt. Quasi wie Internet, das schnallen selbst die Dümmsten.«

»Dann besteht für mich noch Hoffnung?«, fragt er.

»Da bin ich mir sicher!«

Amüsiert legt sich Hendrik auf die Seite und platziert seinen Kopf in den gebeugten Arm. »So, dann bin ich aber jetzt mal auf dein Muttigenöle gespannt. Schieß los!«

»Was willst du denn wissen?«

»Alles!«

Und so erzählt Lea zuerst etwas zögerlich, dann immer bestimmter, von ihrem dauerhaft schlechten Gewissen, das offenbar zur Grundausstattung jeder Mutter – und sicher auch jedes Vaters – gehört. »Wenn du dein Kind aus purer Kraftlosigkeit den routinierten Unterhaltungskünsten von YouTube anvertraust, was meldet sich da? Genau, das schlechte Gewissen. Wenn du Meetings im Job so oft aufschiebst, dass Termine schon eine digitale Patina ansetzen: Taraaa, schlechtes Gewissen. Wenn du wie eine Heimwerker-Queen in Latzhose und ohne jegliches Pflegeprodukt auf der Haut kurz vor Ladenschluss durch den Supermarkt pflügst, um noch irgendwas Essbares fürs Wochenende einzukaufen: Bääm, schlechtes Gewissen. Wenn du dann Lebensmittel auf das Band legst, deren Nährstoffgehalt knapp über einem Blatt Papier liegt, der Alkoholgehalt aber weit über zwanzig Prozent, was klopft da an? Das schlechte Gewissen. Und wenn du dann auch noch für das Schulfest auf die primitiven Backkünste von Dr. Oetker zurückgreifst und deinen furztrockenen Schokoflockina neben die küchenalchimistischen Wunderwerke der anderen Muttis stellst, dann gibt es kein schlechtes Gewissen mehr. Dann ist: Game over!«

Hendrik lacht. »Immerhin arbeitest du mit Dr. Oetker! Meine Backkompetenzen lassen sich mit den Begriffen gekaufter Tortenboden, Dosenpfirsiche und kiloweise Gelatine beschreiben.«

»Ich werte das mal als Kompliment.«

»Auf jeden Fall. So, etwa schon ausgenölt?«, fragt er. »Da hätte ich noch mehr erwartet!«

»Ich bin überrascht, wie sehr du dich für mein selbst erwähltes Schicksal und meine Befindlichkeiten interessierst. Tut irgendwie gut!«

»Warte nur ab, bis ich gleich raumgreifend von meinen Wehwehchen und Krankheiten erzähle. Aber wenn ich mir jetzt schon ein Urteil erlauben darf: Ich glaube, du solltest nicht allzu streng mit dir sein. Ich halte ja viel davon, das zu feiern, was ist. Und nicht übermäßig viel Energie an das zu verschwenden, was fehlt.«

Lea hebt ihre Mineralwasserflasche zum Anstoßen. »Damit hast du natürlich vollkommen recht, du kleiner Klugscheißer.« Beide lachen.

Dann sagt Hendrik: »Und denk immer dran: Man lebt nur einmal. Aber wenn man es richtig macht, reicht das auch.«

»Sag mal, hast du heute Nacht auf einem Sprüchekalender geschlafen?«, fragt sie grinsend.

»Ups. Da ist wohl gerade die Evelyn Baumann mit mir durchgegangen.«

Lea lacht. »Macht nichts, Frau Baumann hat ja mit allem recht. Also cheers! Auf die Glückspartikelchen«, sagt Lea, und beide stoßen mit einem lauten Pling die Flaschen aneinander.

Kapitel 17

Zurück auf Hyakinthos, geben Hendrik und Lea ihre Ausrüstung in der Tauchschule ab und machen sich auf den Weg zu ihren Unterkünften. An der Biegung, wo Lea nach rechts zur Villa und Hendrik nach links zu den Bungalows muss, bleiben sie stehen. Hendrik zögert einen Moment, dann geht er auf Lea zu und nimmt sie in den Arm. »Danke für den schönen Tag«, sagt er, und Lea guckt, als hätte sie ihrer Waschmaschine gerade stundenlang beim Schleudergang zugeschaut: beeindruckt, überwältigt und ein bisschen betäubt.

Sie verabreden sich noch für den Abend an der Strandbar. Ohne ihre Männer – einfach nur sie beide.

»Okay, dann ... Mach's gut!«, sagt Hendrik zum Abschied und rührt sich nicht vom Fleck.

»Ja, du auch, mach's auch gut!«, sagt Lea und unternimmt keinerlei Anstalten zu gehen.

»Also, bis später dann.«

»Ja, genau. Bis später.«

»An der Bar«, sagt er.

»An der Strandbar. Um halb zehn.«

»Ja, halb zehn.«

»Also ...«

»Ich freue mich.«

»Tschüss.«

»Tschüss.«

Und Lea geht nach rechts und Hendrik nach links. Sie dreht sich nicht um, aber seine Blicke kann sie trotzdem noch im Rücken spüren. Und die Flugzeuge im Bauch.

Verdammt, Lea kommt sich vor wie mit vierzehn. Denn da war sie das erste Mal so richtig verliebt. Im Sommerzeltlager war das, in Grömitz an der Ostsee. Unvergessen bleibt die stickige Luft in der Kinderdisco, der Schweiß auf der Stirn, das lässig vor dem Bauch verknotete T-Shirt, dazu ihr Seitenzopf und die geputzte Zahnspange. So stand sie da, über beide Ohren verknallt, dass ihr fast die Eingeweide rausgeflogen sind. Immer wieder versuchte sie, die Aufmerksamkeit ihres Schwarms zu erhaschen, was leider komplett misslang. Egal, wie laut sie lachte, wie sexy sie sich bewegte oder wie intensiv sie tanzte, der Typ schenkte ihr einfach keine Beachtung. Wenn der Kerl sie tatsächlich angesprochen hätte, wäre sie vermutlich hysterisch kichernd in Ohnmacht gefallen. Zudem machte sich auch das erste Bier ihres Lebens in ihrem Kopf breit, was sie schließlich dazu veranlasste, voller Inbrunst den Refrain ihres Lieblingsliedes mitzugrölen. Auf diese Weise wollte sie ihrem Schwarm vermitteln, was für einen unglaublich guten Musikgeschmack sie hatte – und dass sie natürlich die Texte der gängigen Superhits auswendig konnte. »Appin lukkin foa friedn, simmsa leppna hohen daun!«, singkreischte sie den Hasselhoff-Song, ohne davon auch nur einen Satz zu verstehen. Sie drehte sich irre wie ein Derwisch auf der Tanzfläche ... bis sie sich kreidebleich hinter dem nächsten Heizkörper erbrach.

Die Gesetzmäßigkeiten des Verknalltseins haben sich seitdem kein Stück verändert. Erwachsenen-Verknalltsein ist mindestens genauso schlimm wie Teenie-Verknalltsein. Es brennt genauso, es sticht genauso, es kribbelt genauso ... und es ist genauso schön.

Deswegen ist Lea jetzt auch kurz vorm Durchdrehen. Hendrik ist so ein toller Typ! Warum ist ausgerechnet der wieder schwul? Hat sich das Universum irgendwie gegen sie verschworen? Sie würde nie im Lotto gewinnen, aber wenn man ihr tausend Laptops aus dem Media Markt hinstellt, kauft sie zu hundert Prozent den Garantie-Fall – vom Umtausch ausgeschlossen, versteht sich. Und wenn fünfundsiebzigtausend Menschen in einem Fußballstadion sitzen, kriegt Lea den Ball an den Kopf! Ihr Schicksal mit Männern verläuft exakt nach diesem Prinzip …

Glücklicherweise ist Paul in der Villa. Er liegt draußen auf dem Balkon, hört klassische Musik und dirigiert mit der rechten Hand ein ganzes Symphonieorchester. Lea macht sich mit einem Hüsteln bemerkbar, sodass er die Kopfhörer abnimmt und Mozart den Saft abdreht.

»Störe ich?«

»Überhaupt nicht. Komm her!«

»Paul, ich bin am Ende! Obwohl … eigentlich bin ich nicht am Ende, sondern schon ein gutes Stück weiter«, jammert sie und lässt sich neben ihn auf das Lounge-Sofa fallen. »Bei mir ist die Luft raus, wie bei einer platten Hüpfburg.«

»Och, dafür siehst du aber noch ganz lebendig aus!«

Sie liegt auf seiner Brust und fährt mit seinem Atem auf und ab. »Ich glaube, ich habe mich schon wieder in einen schwulen Kerl verknallt. Kommt dir das irgendwie bekannt vor?«

»Hendrik?«

Sie nickt.

»Ich habe es befürchtet.« Paul streicht ihr sanft über den Rücken. »Und? Beruht es auf Gegenseitigkeit?«

»Natürlich nicht. Er ist einfach nur nett zu mir, und wir verbringen eine tolle Zeit miteinander. Aber meine Antennen drehen völlig durch und funken pausenlos in mein Stammhirn, dass auch er Interesse hat und dass wir als wunderwunderwunderschönes Liebespaar vor dem Traualtar enden.«

»Vielleicht musst du deine Antennen mal abschrauben und neu justieren?«

»Geht nicht, ich habe die Bedienungsanleitung weggeschmissen.«

»Es kann ja auch sein, dass deine Antennen gar nicht so falschliegen und es für euch wirklich eine Chance gibt. Keine Ahnung, welche, aber es muss ja nicht immer alles ausweglos sein. Guck dir Yacin, Mo und mich an.«

»Meinst du, der ist bi oder was?«

»Poly, pan, bi, tri, quadro, multi ... keine Ahnung, was es da alles gibt!«

»Paul, ich weiß, dass es mit Hendrik aussichtslos ist. Und nein, ich habe keine Lust auf eine Erweiterung unserer illustren Familie mit einem schwulen Ehemann, seinen beiden Lebenspartnern plus meinem neuen polyamoren Freund, der huckepack auch noch seinen misanthropischen Lebensgefährten mit in die Beziehung einschleppt. Juli würde sich aus Protest neue Eltern suchen und uns den Weihbischof von Limburg auf den Hals hetzen. Zu Recht!«

Paul muss lachen. »Ach komm! Es ist doch erst mal toll, dass du dich mit Hendrik so gut verstehst. Vielleicht werdet ihr kein Paar, aber dafür Freunde. Wer weiß?«

»Ich will aber keine Freunde, sondern endlich auch mal so eine tolle, aufregende Beziehung wie deine.«

»Aufregend trifft es in der Tat ganz gut. Wir hatten schon wieder Krach! Ich glaube, Mo verstößt gegen Paragraf eins.«

»Was war das noch mal?«

»Kein Sex außerhalb der Beziehung.«

»Na, dann frag ihn doch einfach!«

»Habe ich schon, aber er streitet alles ab. Dabei bin ich mir sicher, dass er hier im Club fremdgeht. Ich habe an seinen Sachen geschnuppert, und das war definitiv nicht sein Geruch.«

»Du hast rumgeschnüffelt? Wie süß! Hast du das bei mir früher auch gemacht?«

»Nein, bei dir hatte ich so was nicht nötig.«

Müsste Lea jetzt nicht wenigstens ein bisschen beleidigt sein? Sie weiß es nicht. Stattdessen gibt sie Paul einfach einen Kuss auf die Wange. »Sprich doch mal mit Lydia darüber. Wenn euch eine helfen kann, dann diese Frau! Ich bin der volle Fan von ihr.«

»Ja, die ist toll, ne? Für Lydia bin ich fast wieder am Überlegen, hetero zu werden«, sagt er grinsend.

»Unterstehe dich! Wenn du dich schon zurückheteroisierst ...«

»... bitte lass dir dieses Wort im Duden eintragen ...«

»... dann kommen wir beide wieder zusammen. Das ist ja wohl klar.«

»Ich fürchte, aus dem Zurückheteroisieren wird leider nichts.«

»Was spricht eigentlich dagegen, dass wir trotzdem wieder zusammenkommen? Immerhin sind wir verheiratet. Und Eheleute haben doch sowieso keinen Sex mehr, es würde sich bei uns also rein gar nichts ändern. Auch für Juli wäre es die perfekte Konstellation.«

»Lea, ich glaube, das geht nicht«, sagt Paul verlegen.

Sie seufzt. »Ich weiß. War ja nur so eine Idee ... Aus Verzweiflung!«

Es rumpelt an der Haustür, und fünf Sekunden später stehen Mo und Yacin bei ihnen auf dem Balkon. Yacin hält theatralisch seine rechte Hand nach oben, an der ein riesiger Verband prangt.

»Was ist denn bei dir los?«, fragt Lea besorgt und löst sich aus Pauls Umarmung.

»Ich werde sterben!«, ruft Yacin.

»Schatz, das werden wir alle! Setz dich hin, und erzähle!«

Yacin berichtet, dass er mit ein paar anderen Männern am Pool auf die gelungene Probe angestoßen hat. Als er schließlich versuchte, aus dem Pulk heraus in die Nähe des Gesangstrainers zu kommen, trat er ungeschickt ins Wasser und stürzte auf den Beckenrand. Das Sektglas in seiner Hand splitterte, und eine Scherbe schnitt ihm in die Hand.

»Das waren Schmerzen, Leute!«, jault Yacin. »Schlimmer, als wenn du mit Hämorrhoiden ins Tote Meer springst!«

»Jetzt mach mal halblang. Das ist eine Schnittwunde, mehr nicht.«

»Damit das schon mal klar ist: Ich brauche ab sofort jemanden, der mir den Sekt aufmacht, der mir nach der Toilette den Schlüpfer hochzieht, der mir beim Pullern hilft und auch beim Duschen. Britney Spears Realness würde ich sagen!«

Alle lachen.

»Kommt!«, ruft Paul und hievt sich vom Sofa. »Wenn wir schon alle da sind, dann lasst uns doch gleich zusammen abendessen gehen, oder? Essen tut immer gut, sagt die Seele!«

»Na ja, antwortet die Waage.«

Kapitel 18

Lea hat das Gefühl, sich allmählich zu einem einfältigen Vielfraß zu entwickeln, der in jeder Lebenssituation denkt: Okay, ist grad alles schwierig, aber was gibt's zu essen? Allein schon bei dem entfernten Grillgeruch kommt ihre weggesperrte Fröhlichkeit wieder aus dem Kerker. Heute wird das Menü nicht à la carte serviert, stattdessen steht ein herrliches Büfett bereit. Lea läuft schon das Wasser im Mund zusammen, als sie all die Schüsseln, Tröge und Öfen sieht, in denen leckere Speisen angeboten werden. Bauernsalate mit Essig und Öl, dampfende Aufläufe, garniert mit gebackenen Schafskäse-Bällchen, dazu etliche Gemüseplatten. Es gibt Fisch- und Ziegenfleisch, das wunderbar nach Thymian und Salbei duftet. Auch Pasteten liegen in hellbraunen Tonschalen bereit, neben den gegrillten Lammkeulen und allerhand Soßen. Und ein ganzer Tisch steht voll mit Mezedes: eingelegte Paprika, gefüllte Weinblätter, dazu Zaziki und Brot. Seltsam findet Lea allerdings den Büfett-Bereich »Take it light!«. Dort gibt es gedünstetes Gemüse, Reis und Blattsalat ohne Dressing. Wer will denn im Urlaub ernsthaft abnehmen? Das sind doch gerade die Wochen, in denen man sich nicht mit einer leichten Bouillon füttert, sondern der schönen Todsünde Völlerei frönt. Also los! Lea schlägt sich die Auberginencreme auf den Teller, daneben Moussaka und Fisch im

Weinblatt. Ach, und die in Knoblauch gegrillten Calamari nimmt sie auch gleich noch mit.

Das Essen ist ausgezeichnet. Am Tisch wird gekaut, probiert, gelobt, geschmatzt und so viel gegessen, bis nichts mehr reinpasst. Bäuche dehnen sich, Gesichter werden rötlich – es ist nicht abzustreiten: Griechisches Essen wirkt wie ein Top-Narkotikum. Als sie fertig sind, würde Lea am liebsten ihren Kopf auf dem Tisch ablegen und ein Nickerchen machen. Doch glücklicherweise hebt der starke griechische Kaffee die Fressnarkose ruckzuck wieder auf. Der Kaffee ist nämlich nicht so eine dünne Plörre, die kurz an der Bohne vorbeigebrüht wurde, sondern eine richtige Koffeinfaust, die dir in den Magen schlägt und schreit: Hallo Wach! Bei Lea jedenfalls wirkt es Wunder. Perfektes Timing, denn ein Blick auf die Uhr verrät ihr, dass es Viertel nach neun ist und sie sich jetzt langsam aufmachen müsste zu ... ja, zu was eigentlich? Ihrem Date?

Die Stimmung am Tisch ist gerade am Kippen, weil Paul, Mo und Yacin vom Essen und vom Alkohol streitlustig geworden sind. Paul wirft Mo aus heiterem Himmel seine Seitensprünge vor, die dieser nach wie vor vehement abstreitet. Mo wiederum unterstellt Yacin, sich in den Gesangslehrer verguckt zu haben und bei jeder Gelegenheit mit ihm zu flirten. Dann wird wiederum Paul von Mo und Yacin in die Zange genommen, sich zu einem langweiligen Faultier entwickelt zu haben, das nur noch Bücher liest, Musik hört und schläft. Bevor diese Diskussion nun gänzlich eskaliert, verabschiedet sich Lea lieber.

»Aha, triffst du deine Frau Baumann oder was?«, giftet Yacin nun auch in ihre Richtung. »Nur dass du es weißt, Lea, wir finden es schon komisch, dass du uns überhaupt nichts über Hendrik erzählst! Ihr verbringt so viel Zeit miteinander, und du schweigst dich komplett über ihn aus!«

»Moment mal«, sagt Paul. »Wir haben im Coaching gerade gelernt, Ich-Botschaften zu formulieren! Bitte halte dich daran, Yacin.« Paul erntet kollektives Stöhnen. »Für mich ist es nämlich völlig okay, wenn Lea entscheidet, gewisse Sachen für sich zu behalten.«

»Jetzt tu doch nicht so«, blafft Yacin zurück. »Du hast uns doch auch tausendmal gefragt, was bei Lea los ist und warum sie so wenig erzählt!«

»Das stimmt, aber wenn sie gewisse Erlebnisse nicht teilen will, dann bohre ich da nicht schamlos nach.«

»Leute, beruhigt euch wieder«, versucht Lea die Wogen zu glätten. »Hendrik und ich verstehen uns einfach nur gut, mehr nicht. Was soll bei uns auch schon groß passieren? Ihr wisst ja, wie die Lage ist. Deswegen gibt es da auch gar nicht so viel mitzuteilen.«

Mo runzelt die Stirn. »Das glaube ich nicht. Wenn man dich fragt, was ihr so gemacht habt, sagst du: ›Och, alles Mögliche‹, und dann schweigst du. So kennen wir dich überhaupt nicht.«

Nun wird auch Lea langsam sauer. »Was soll das denn jetzt? Habe ich hier eine Auskunftspflicht oder was?«

»Nein, aber wir sind befreundet und hatten noch nie Geheimnisse voreinander«, motzt Yacin weiter. »Und jetzt müssen wir dir auf einmal jedes Wort aus der Nase ziehen.«

»Das stimmt doch gar nicht. Ich habe euch doch erzählt, wie es mit Hendrik heute beim Tauchen war. Wir haben Seepferdchen gesehen und …«

»Lea, uns interessieren nicht irgendwelche Seepferdchen«, sagt Mo spitz. »Wir interessieren uns für dich!«

»Genau!«, sagt Yacin. »Bist du verknallt in Hendrik? Hast du Liebeskummer? Wenn ja, wegen wem eigentlich? Wegen Torsten, Hendrik, Paul oder allen drei gemeinsam?«

»Auf so eine Diskussion habe ich jetzt echt keinen Bock«, erwidert Lea und wirft ihre Serviette auf den Tisch. »Wenn ihr euch an mir abarbeiten möchtet: bitte! Aber ohne mich!« Sie fährt mit dem Stuhl zurück und steht auf. »Ich bin hier doch nicht eure Frust-Ziege, an der ihr eure ungelösten Beziehungsprobleme austoben könnt.«

»Was ist denn so schlimm daran, einfach zuzugeben, dass du dich in Hendrik verknallt hast?«, ruft Mo.

»Ich bin nicht in Hendrik verknallt!«, schleudert sie zurück.

»Och, das ist aber schade. Sonst hätten die einzigen Heten hier auf der Insel vielleicht doch noch als Paar zusammengefunden. Aber das wäre als Happy End sowieso viel zu kitschig.«

Lea hält abrupt inne, wie beim Kindergeburtstagsspiel, wenn die Musik ausgeht.

»Die einzigen Heten?«

»Exakt!«, sagt Mo und grinst breit.

»Das heißt ...?«

»Das heißt, dass Hendrik genauso hetero ist wie du. Nicht mehr und nicht weniger.«

»Hendrik ist gar nicht schwul?«

»Nö!«

Leas Gesicht sieht aus wie das einer blasierten Charity-Lady, die Weihnachten beim karitativen Shrimpslutschen in der Drogenhilfe vergessen wurde.

»Und woher weißt du das?«, fragen alle im Chor.

»Kein Kommentar«, sagt Mo. »So, ich gehe jetzt auch! Die Stimmung ist ja sowieso im Eimer.« Aber Paul zieht Mo zurück auf den Stuhl, und sofort bricht der nächste Streit aus. Lea hat genug gehört. Sie läuft aus dem Restaurant, ihr Kopf ist kurz vorm Platzen. Hendrik ist nicht schwul? So könnte aus Lea und Hendrik also doch noch ein Paar werden? Das ändert ja alles ... aber nicht zum Besten. Denn das heißt gleichzeitig, dass Hendrik sie von Anfang an belogen hat. Er ist also auch kein Stück besser als Torsten. Mann bleibt einfach Mann! Gut, dass Lea sowieso auf dem Weg zu Hendrik ist, der kann sich jetzt auf ein richtiges Donnerwetter gefasst machen!

Mit stampfenden Schritten läuft sie die kleine Straße hinunter und würde am liebsten schreien. Neben ihr surrt und zirpt es aus den Büschen, als sei nichts gewesen. Mediterrane Zikaden-Romantik, die klingt wie eine Dunstabzugshaube auf Hochtouren. Dabei ist das Gebrumme in ihrem Kopf schon kaum auszuhalten. Jetzt auch noch die Grillen, die immer lauter ratschen, rasseln und nerven, bis sich Lea nicht mehr zurückhalten kann und wie ein Berserker auf die Sträucher eintritt. Zum Glück hat sie keine Motorsäge dabei, sonst hätte sie die Büsche kurz und klein gehäckselt ... und die Grillen gleich mit.

Kapitel 19

»Ey, Pinocchio, du hast mich die ganze Zeit angelogen!«, ruft Lea aufgebracht, als sie Hendrik in der Strandbar erblickt. »Du bist gar nicht schwul!«

Einige Gäste recken die Köpfe und drehen sich interessiert zu Lea um.

»Hallo, schön, dass du da bist«, räuspert sich Hendrik mit gedämpfter Stimme. »Willst du dich nicht setzen?«

»Nein, ich will mich nicht setzen!«, donnert sie. »Ich will wissen, ob du mir die ganzen letzten Tage nur Märchen erzählt hast!«

»Also, was soll ich sagen ...«

»Einfach die Wahrheit, Frau Baumann. Das dürfte Ihnen doch gar nicht so schwerfallen.«

»Also ... Okay, es stimmt. Ich bin nicht schwul«, sagt Hendrik reumütig.

Leas Gesicht gefriert auf Permafrost-Stufe.

»Hauke ist nicht mein Freund, er ist mein Bruder.«

»Dein Bruder?«

»Ja. Und Hauke ist schwul, aber das hilft jetzt vermutlich nicht weiter ...«

»Richtig, was interessiert mich dein blöder Bruder. Viel trauriger ist, dass du genauso ein Lügner bist wie alle anderen Typen«, schimpft Lea, ohne Lametta an ihre Worte zu hängen.

»Komm, jetzt setz dich bitte mal! Dann reden wir in Ruhe!«, sagt Hendrik und schaut, ob die anderen Gäste die Auseinandersetzung immer noch aufmerksam verfolgen. Ja, tun sie. Aber das ist Lea völlig egal. Sie stemmt die Fäuste in die Seiten und steht breitbeinig vor ihm, als hätte sie ein urologisches Problem. »Leute an der Nase herumführen, das kannst du gut! Als Frau Dr. Baumann und als Hendrik, Glückwunsch!«

»Moment mal, Lea. Ich habe dich nicht angelogen, jedenfalls nicht direkt. Ich habe nie gesagt, dass ich schwul bin. Alles, was ich erzählt habe, alles, was du von mir weißt, entspricht der Wahrheit. Okay, Hauke und ich führen keine klassische Paarbeziehung, wir sind einfach nur Geschwister. Aber was ich dir aus meiner Vergangenheit erzählt habe, das stimmt alles.«

»Deine ganzen gescheiterten Liebesgeschichten?«

»... waren Beziehungen mit Frauen, okay. Dieses Detail habe ich immer weggelassen. Aber glaub mir, im Fühlen gibt es keinen Unterschied, ob nun Mann oder Frau.«

»Ums Fühlen geht es doch gar nicht. Du hast ein Bild von dir entstehen lassen, das du nicht bist, und hast mich damit die ganze Zeit getäuscht. Warum? Wir haben uns so gut verstanden! Wir haben uns so viel anvertraut und so viel Zeit miteinander verbracht, da wäre es doch ein Leichtes gewesen, mal kurz zu sagen: ›Ach so, Lea, übrigens, ich bin hetero.‹ Lass dir hier mal ein paar Geschichten von den Männern im Club erzählen, was die für Schwierigkeiten hatten, sich als schwul zu outen. Dein bisschen Heterosexualität ist doch ein Witz dagegen!«

»Stimmt, das war Mist. Dafür entschuldige ich mich. Aber ich hatte Gründe ...!«

»Na, jetzt bin ich gespannt.«

»Erstens wollte ich hier im Club nicht auffallen. Ich kam mir irgendwie doof vor, der einzige heterosexuelle

Mann auf dieser Insel zu sein. Das ist bescheuert im Nachhinein, ich weiß.«

»Völlig bescheuert! Zweitens?«

»Hauke hatte Schiss, dass wir vom Hotel Stress kriegen, wenn rauskommt, dass ich nicht schwul bin!«

»Meinst du, die Hotelleitung hätte dich dann nachts überfallen, dir Ziegelsteine an die Füße gebunden und dich in der Ägäis versenkt? Sehr realistisch. Gibt's noch ein Drittens?«

»Drittens: du! Ja, wie soll ich es sagen? Ich finde dich ... irgendwie ... toll. Aber als ich gecheckt habe, dass du dich nur auf mich einlässt, weil du denkst, ich sei schwul, bin ich aus der Nummer nicht mehr rausgekommen. Ich hatte einfach Schiss, dass ich dich verliere, wenn ich dir die Wahrheit sage. Dass du keinen Bock mehr hast, dich mit mir zu treffen, und ich es damit mal wieder verkackt hätte.«

»Du hast es wieder verkackt, Hendrik!«, sagt Lea scharf und lässt sich in den Sessel neben ihm plumpsen.

»Ich habe noch genau deine Worte im Ohr, dass du in diesem Urlaub nur schwule Männer um dich herum haben willst, um endlich mal zu entspannen. Und dass du keine noch so kleine Lüge verzeihst. Dann kam auch noch die Nummer mit dem Bikini-Oberteil dazu, wo du auf einmal nackt vor mir standst und ich dich einfach nur toll fand ... Was sollte ich denn machen? Aus Angst, dass du mich zum Teufel jagst, habe ich dann einfach die Klappe gehalten und mich immer tiefer reingeritten.«

»Süß! Soll ich jetzt heulen?«

»Du wolltest die Wahrheit. Das ist sie!«

»Danke. Kleiner Tipp für nächste Mal: Nicht die Wahrheit tut weh, sondern die Lügen davor. Die ganze Nummer hättest du dir also locker sparen können.«

»Ähm, hast du auf ’nem Sprüchekalender geschlafen?«, retourniert Hendrik ihren Witz vom Vortag.

»Ich finde das nicht lustig.«

»Hey, das war dein Gag! Den habe ich mir von dir geklaut.«

»Ach so, Kleptomane bist du also auch noch. Na, das wird ja immer besser. Ich glaube, ich brauche jetzt erst mal einen Schnaps!«

Sie wendet sich zum Kellner und gibt ihre Bestellung auf. Hendrik verzichtet.

»Wenn ich das heute nicht durch Zufall rausgefunden hätte«, fährt Lea fort, »würdest du mich doch jetzt in dieser Minute immer noch anflunkern, oder?«

»Spätestens morgen hätte dir Hauke die Wahrheit gesagt! Der steigt mir sowieso schon die ganze Zeit aufs Dach.«

»Recht so. Strafe muss sein«, antwortet Lea und kippt sich den ersten Ouzo rein.

Komisch, manche Dinge schmecken nur an ganz bestimmten Orten richtig gut: Tomatensaft über den Wolken, Germknödel auf einer Skihütte und Pommes im Freibad. Genauso ist es mit Ouzo. Eigentlich ist das Zeug ungenießbar, aber hier auf der Insel, an diesem Strand, in dieser Stimmung ... da gibt es gerade nichts Besseres.

Lea knallt das Glas zurück auf den Tisch und spürt rein gar nichts vom Alkohol. Vermutlich wurde der Ouzo in Sekundenbruchteilen vom üppigen Abendessen absorbiert. Also bestellt sie gleich noch einen, und erst nach dem zweiten Schnaps kann sie Hendrik wieder richtig in die Augen gucken. Er macht allerhand Verlegenheitsgesten, streicht sich über den Bart, zupft sich am Ohr, wackelt mit dem Oberschenkel, nur Lea ist die Ruhe selbst. Eigentlich ist zwischen ihnen ja auch alles gesagt, aber irgendwie auch nicht. Fängt gerade etwas an? Hört etwas auf? Ist etwas zerbrochen? Oder kann man das kleben? Hendrik scheint sich genau die gleichen Fragen zu stellen und guckt Lea immer wieder erwartungsvoll an. Aber sie ist gerade unfähig, irgendeine Entscheidung zu treffen.

»Ich glaub, ich bestell mir jetzt noch den dritten Ouzo.«

»Dann wachst du morgen ziemlich sicher mit einem griechischen Akzent auf«, sagt er und seufzt. »Ach komm, dann nehme ich jetzt auch einen. Meine Stimmung kann's vertragen.« Und schon bringt der Kellner das Anisgesöff an den Tisch. Sie heben die Gläser, schauen sich in die Augen, als es auf einmal vom Nachbartisch herüberzwitschert: »Schalömchen, Schalömchen, ihr süßen Turteltauben.« Lea dreht sich um und entdeckt hinter sich in den Lounge-Sesseln drei Männer. »Prösterchen, Liebeleins, und schön, dass ihr euch wieder vertragen habt!«, flötet der spindeldürre Typ mit Glatze und Bullenring in der Nase. Der Zweite am Tisch ist das komplette Gegenteil: stämmig, mit schmissiger Föhn-Frise und so haarig, dass man denken könnte, er sei kurz vor der Auswilderung. Auch er hält sein Ouzo-Glas nach oben und prostet Hendrik und Lea zu. Der Dritte im Bunde trägt eine Kombination aus Lederkappe, Lederhandschuhen, Lederhose und ein Ledergeschirr um den nackten Oberkörper. Und dieser Ledertyp kommt Lea erstaunlich bekannt vor.

»Herr Engensen, was machen Sie denn hier?!«

»Frau Fuhrberg, das Gleiche wollte ich Sie auch gerade fragen.«

Das hat jetzt gerade noch gefehlt: ihr Chef!

Lea weiß nicht, für wen die Situation gerade peinlicher ist. Sie versucht sich einfach möglichst normal zu verhalten, so normal es eben geht, wenn man nach einem fetten Essen, zwei Schnaps, Streit mit Freunden und ungewissem Verknalltheitsstatus seinen Boss in vollem Fetisch-Outfit in einem Gay-Resort trifft. Lea beschließt, kein großes Aufheben von der Sache zu machen. Das ist für alle Seiten vermutlich das Beste.

»Prost, meine Herren«, ruft Lea daher zum Nachbartisch, sie heben alle die Gläser und kippen sich kollektiv den Ouzo hinter die Binde.

»Darf ich vorstellen?«, sagt Lea zu Hendrik. »Der nette Herr in Leder ist mein Boss!«

Die beiden folgen schließlich der Einladung vom Nachbartisch und setzen sich rüber zu den Männern. Sie machen sich gegenseitig bekannt, quatschen ein wenig, aber Lea braucht ein Weilchen, um in Gegenwart ihres Chefs vollends aufzutauen. Doch spätestens nach der nächsten Runde Ouzo ist das Eis gebrochen. Die Zungen lösen sich, die Hemmungen schwinden, der Übermut in der Runde steigt. Lea und ihr Boss bleiben in der Anrede konstant beim »Sie«, was die Gesprächssituation etwas skurril macht. Aber so müssen sie sich im Büro nicht umgewöhnen und sind vor allen Dingen niemandem eine Erklärung schuldig. Allesamt beweisen sie Sitzfleisch, erzählen, lachen, scherzen, ohne dass es auch nur einmal langweilig wird. Als ihr Chef sich dann später zur Verabschiedung aus dem Sessel erhebt, traut Lea ihren Augen nicht. »Herr Engensen, das sehe ich ja jetzt erst: Heißes Höschen!« Die Lederhose ihres Chefs setzt nämlich nicht nur vorn wesentliche Details dramatisch in Szene, sondern spart auch im hinteren Bereich relevante Teile aus. So bekommt Lea doch glatt zum Abschluss noch freie Sicht auf den knackigen Hintern ihres Chefs. »Sie sollten dieses Leder-Outfit auch ruhig mal im Büro tragen, Herr Engensen. Das steht Ihnen eindeutig besser als die ollen Sakkos!«

»Danke, Frau Fuhrberg. Für Sie zur Kenntnisnahme: Ich trage immer Leder im Büro, aber da, wo Sie es nicht sehen ...« Dann winkt er neckisch und spaziert mit seinen Kumpels davon. Ob Lea diese Bilder jemals wieder aus dem Kopf bekommt? Sie weiß es nicht ...

Hendrik und Lea beschließen, zum Abschluss dieses denkwürdigen Tages noch einen Spaziergang am Meer zu machen. Dabei klären sie die letzten Missverständnisse, dann ist für Lea das Thema auch vollständig gegessen. Sie hat einfach keine Lust, nachtragend zu sein, zumal sich Hendrik nun mehrfach für sein Verhalten entschuldigt hat, aufrichtig zerknirscht und einsichtig ist. Ihr Groll ist sowieso schon längst verflogen. Ein leichter Wind fährt ihnen durchs Haar, sanfte Wellen schwappen ans Ufer. Sie ziehen die Schuhe aus und schlendern gemeinsam am Ufersaum entlang. Er legt vorsichtig seinen Arm um Leas Schulter, und sie lässt es einfach geschehen. Beide starren zum Himmel, bis plötzlich eine Sternschnuppe vorbeidüst.

»Siehst du die?«, fragt Lea begeistert.

»Ja, sogar mit Schweif!«, antwortet er.

»Komm, jeder darf sich was wünschen.«

Und beide wünschen sich was ... es ist vermutlich das Gleiche.

Kapitel 20

Als Lea noch klein war, hatte sie genaue Vorstellungen davon, wie ihr Mann später einmal aussehen soll: dunkles Haar, Schwimmerkreuz, Grübchen am Kinn. So wie Gaston aus *Die Schöne und das Biest*, in den sie sich damals auf den ersten Blick verliebte, wohl wissend, dass er ein absoluter Fiesling war. Falls Lea also irgendwann mal bei einem Psychiater auf der Couch landet, um zu ergründen, warum sie in ihrem Leben vielfach an toxische Machos wie zum Beispiel Torsten geraten ist, wird sie erzählen müssen, dass alles mit ihrer großen Kinderliebe zu Gaston anfing. Jedenfalls hat die kleine Lea in ihrem Kinderzimmer immer so getan, als wäre das Kopfkissen ihr Ehemann Gaston. »Hallo Schatz! Du glaubst nicht, was mir heute wieder passiert ist ...«, begrüßte sie ihr Kissen nach der Schule und gab ihm erst mal einen Kuss. Dann erzählte sie von ihrem Schulalltag, von ihrer Meldeliste in Deutsch – zwölfmal gemeldet, aber nur zweimal drangekommen – und den schwierigen Hausaufgaben in Mathe. Als ihr Kissenmann schließlich mit Erzählen dran war, wusste der aber nichts Spannendes zu berichten, weil er den ganzen Tag nur faul im Bett gelegen hatte – an dieser Stelle gibt es auch wieder erschreckende Parallelen zu Torsten, aber das ist ein anderes Thema. Eines Tages verspürten Lea und Gaston nach den Hausaufgaben eine derartige Lust aufeinander, dass sie beide intimer wurden. Lea baute dem Kissen eine

Ausformung, warf sich darauf und schuckelte ihr Becken ein paarmal hin und her, so wie sie es mal in einer Aufklärungssendung im Fernsehen gesehen hatte. Keine Ahnung, warum Erwachsene um dies bisschen Aufeinanderliegen so viel Aufhebens machten, aufregend war das Ganze nämlich nicht. Einige Minuten später musste sie dann ein sehr ernstes Gespräch mit Gaston führen. Sie war nämlich schwanger, und ihr Kissenmann hat sich über diese Nachricht wahnsinnig gefreut. Sie haben sich lange umarmt und sind zusammen durchs Zimmer getanzt, ehe sich bei Lea schon ein Bäuchlein abzeichnete. Sie stopfte sich immer mehr Kissen unter das T-Shirt, die Schwangerschaft lief im Zeitraffer ab, bis sie jedes einzelne Kissenbaby unter lautem Schreien mit zappelnden Armen und Beinen gebar. Ihre Mutter kam damals aufgeregt ins Zimmer gelaufen, völlig in Sorge, was mit ihrer Tochter los sei. »Nichts!«, antwortete Lea. »Ich war nur schwanger und hab Sechslinge geboren ...«

Lea muss heute feststellen, dass ihr Kissen in vielerlei Hinsicht ein besserer Liebhaber war als einige Männer, die da noch folgten. Jedenfalls konnte keiner so gut zuhören. Ob diese Gaston-Liebe und die vielen Kissenbabys ihren wahnwitzigen Kinderwunsch mit Torsten erklären? Sie weiß es nicht ... Vielleicht sollte sie dazu mal mit Dr. Evelyn Baumann sprechen.

Schon klar, es gibt eine Midlife-Crisis. Aber Lea ist in einer Milf-Life-Crisis. Zwar war der gestrige Abend mit Hendrik wunderschön, doch jetzt am Morgen fühlt sich das Ganze schon wieder ranzig an. Ihr Schlaf war auch keineswegs erholsam, sondern eher ein Schrottplatz aus Gedanken. Das könnte auch am Kater liegen, der sich bei ihr im Kopf breitgemacht hat. Passend dazu ist die Stimmung in der Villa völlig hinüber. Paul hat die Nacht auf der Couch geschlafen, Yacin allein im Schlafzimmer, und Mo hat irgendwo auswärts übernachtet. Lea hat von dem ganzen Stress zum Glück nichts mitgekriegt, weil sie erst spätnachts nach Hause gekommen ist. In ihrem Kopf hat sich alles dermaßen gedreht, dass sie vor ihrem Bett stand und rief: »Hallo Bett. Wenn du das nächste Mal vorbeikommst, springe ich rein.«

Nachdem sich Lea nun aus den Laken gekratzt hat, flieht sie regelrecht vor der miesen Laune im Haus und geht zum Langschläfer-Frühstück. Sie sitzt allein am Tisch, die Sonnenbrille auf der Nase, ein Glas frischen Orangensaft vor sich, dazu leckeren Joghurt mit Früchten, aber ihr Stimmungsbarometer steht trotzdem auf null. Sie fühlt sich, als wäre sie in einen Wald geschubst worden und jemand hätte die Brotkrumen aufgegessen. Keine Klarheit, kein Weg, nur Bäume. Verstörenderweise hat sie in der Nacht davon geträumt, dass auch Torsten seine homoerotische Neigung entdeckt hat und nun wilde Sexabenteuer mit Männern auslebt. Das Beängstigende war, dass die Details im Traum ziemlich nah an der Realität waren. Lea besaß darin eine Art Superkraft, die alle Männer, mit denen sie Kontakt hat, auf der Stelle schwul werden ließ. Beim Ehemann hat es geklappt, bei Torsten, bei ihren Freunden, der Urlaubsaffäre, sogar bei ihrem Chef … alle schwul, nur durch Lea. Als dann auf einmal Hendrik im Traum erschien, ist sie zum Glück aufgewacht. Schweißgebadet.

Lea wischt destruktiv auf ihrem Handy herum, schaufelt lustlos Joghurt in sich rein und kann sich nicht mal über die Herzchen-Likes für ihr Strandfoto auf Instagram freuen. Kein Wunder, denn die eine alles entscheidende Frage ist ja nach wie vor ungeklärt: Wie soll die ganze Geschichte mit Hendrik nur weitergehen? Sie kann doch nicht aus einer Beziehung gleich in die nächste stolpern. Ist es nicht besser, Hendrik erst mal im Status »nette Bekanntschaft« zu belassen und zu gucken, ob man sich auch nach dem Urlaub noch gut versteht und in Kontakt bleibt? Sich gleich in ein neues Liebesabenteuer zu stürzen, wenn das Alte noch gar nicht verarbeitet ist, kann doch nicht ratsam sein. Außerdem, wie soll das konkret werden? Führt sie dann neben Job, Kind und Familie auch noch eine Fernbeziehung und verbringt mehr Zeit im ICE, als ihr recht ist? Außerdem hat Hendrik sie ja auch krass angelogen. Das kann doch nie und nimmer der Auftakt für eine gelingende Partnerschaft sein, oder? Lea atmet tief durch. Meine Güte, warum ist das alles nur so kompliziert? Da lernt man in der Schule Logik, Dreisatz und Wahrscheinlichkeitsrechnung und ist in solchen Situationen trotzdem heillos überfordert.

»Ey, Amor, du fette Kröte! Ich hab diverse Fragen!«, ruft Lea vom Frühstückstisch laut in Richtung Horizont. Aber Amor antwortet nicht. Auch der Horizont liegt weiterhin strichgerade da, wie ein EKG beim Herzstillstand. Das entspricht auch ziemlich genau Leas Gemüt, ohne Energie, ohne Tatkraft, einfach nur schlapp. Sie gesteht es sich ungern ein, aber jetzt wäre es schön, wenn Friederike da wäre, ihre Schwiegermutter. So anstrengend diese Frau auch sein mag, mit ihrer klaren Meinung würde sie es vielleicht schaffen, Leas Gedanken-Kuddelmuddel aufzulösen. Friederike nervt zwar kolossal und mischt sich ständig in ihr Leben ein, aber jetzt wäre ihr Rat ausnahmsweise mal hilfreich. Und außerdem vermisst Lea ihre Tochter Juli derart schmerzlich, dass sie schon ihre Stimme hört. »Mama, Mama!« Leas Paranoia geht sogar so weit, dass sie in der Ferne Schemen wahrnimmt, die Ähnlichkeit mit Juli und Friederike haben. Halluzinationen? Erschöpfung? Wahnsinn? Ihre

Pupillen drehen nach rechts, ihr Kopf wird schwer. Sie fühlt sich wie ein psychiatriereifes Wrack. Die Stimmen in ihrem Kopf werden immer lauter, sie hört ihre Tochter quieken und die überdrehte Stimme ihrer Schwiegermutter. Zum Glück sind psychische Erkrankungen von ihrer Berufsunfähigkeitsversicherung abgedeckt, denkt Lea noch. Wieder Rufe, sie schaut hoch, ihre Pupillen stellen sich scharf, und dann kann Lea kaum glauben, was sie da sieht: Juli und Friederike! Wahrhaftig! Ihre Schwiegermutter winkt aus einiger Entfernung, Juli kreischt und tobt freudig auf Lea zu. Die hält es nun nicht länger auf dem Sitz. Lea springt auf, stürmt auf die beiden zu und schließt Tochter und Schwiegermutter überglücklich in die Arme. Offenbar ist das Universum doch gnädig und hat Lea genau zur rechten Zeit Hilfe geschickt.

Am liebsten würde Lea ihre Tochter die ganze Zeit abknutschen, so glücklich ist sie, den kleinen Wirbelwind wieder bei sich zu haben. Juli sitzt auf Leas Schoß, schlürft eine Fanta, und Friederike thront wie eine Diva mit astronomisch großem Hut auf einem Lounge-Sessel. Mit der Riesenkopfbedeckung könnte sie ganz Griechenland beschatten, was angesichts der heißen Sommertemperaturen gar nicht so schlecht wäre. Friederike trinkt ihren »Kaputtschino« und berichtet mit aufgeregten Gesten von ihrer Anreise. Es war nämlich alles andere als einfach, eine Reisevollmacht zu fälschen und dann auch noch Julis Pass zu organisieren, damit Friederike mit der Enkelin außer Landes reisen konnte.

»Aber das Wichtigste habe ich ganz vergessen: Als wir zu deiner Wohnung gefahren sind, weil Juli wieder dieses furchtbare Bananendings vergessen hat …«

»Das ist Glubschi, der ist nicht furchtbar!«, blökt Juli dazwischen.

»... was glaubst du, liebe Lea, wen wir da bei dir vor der Haustür getroffen haben. Na?«

»Lasst mich raten: Putzi?«, antwortet Lea zur Freude ihrer Tochter, die bei der Nennung von Torstens Spitznamen in ein kieksendes Lachen ausbricht. Das niederschwellige Humorempfinden von Kindern hat wirklich Vorteile. Man benötigt als Eltern überhaupt kein unerschöpfliches Witz-Reservoir, um bei den Kleinen für beste Laune zu sorgen. Eine gute, leicht repetierbare Pointe wie Putzi reicht völlig aus, damit sich die Minis konstant einen Ast abfreuen. Alternativ kann man sich auch eine Erbse ins Nasenloch schieben oder in die Gute-Nacht-Geschichte einen Furz einbauen, das ist auch jedes Mal ein kurzluntiger Dauerbrüller.

»Ganz genau. Torsten!«, bestätigt Friederike. »Der stand unten vor der Eingangstür und war gerade dabei, deinen Briefkasten aufzubrechen, als wir ihn auf frischer Tat ertappten.«

»Ach, der war da? Das ist ja lieb!«, säuselt Lea und ist über ihre Schwärmerei selbst ein wenig verwundert.

»Ähm, Lea. Der Typ bricht deinen Briefkasten auf, und du findest das lieb?«

»Na ja, er wollte sicher nicht meine Briefe klauen, sondern nach seiner Post gucken.«

»Er wollte vor allem noch mal mit dir über alles reden. Ich habe ihm aber klargemacht, dass es da nichts mehr zu reden gibt. Ende vom Geländer. Für immer!«

Lea fühlt sich geschmeichelt. Das ist das erste Mal, dass sich Torsten wirklich für sie ins Zeug legt. Offenbar will er den Kontakt doch nicht abreißen lassen und bemüht sich jetzt aufrichtig um sie. Das fühlt sich ehrlich gesagt ganz schön gut an.

»Und? Was hat Torsten noch gesagt? Hat er sich entschuldigt oder so was?«, fragt Lea.

»Pah! Der doch nicht. Der hat einen regelrechten Eifersuchtsanfall bekommen, als ich ihm gesagt habe, dass du mit Paul im Urlaub bist. Er dachte, du seist allein unterwegs – und jetzt will er dich unbedingt zurückerobern.«

»Mich zurückerobern? Wie romantisch!«

»Vermutlich ist sein Ehrgeiz geweckt und er glaubt, Paul ausstechen zu müssen. Denn du weißt ja, Torsten ist steinfest davon überzeugt, dass Männer nur schwul werden, weil sie gerade keine Frau abkriegen.« Friederike klopft sich an die Stirn. »Der ist völlig durchgeknallt, der Alte!«

Lea hört gar nicht zu, sondern fliegt einmal quer durchs Seifenblasen-La-La-Land. »Mein Torsten ist eifersüchtig! Dass ich das noch mal erleben darf!«

»Lea, du gefällst mir überhaupt nicht. Du guckst so ... verliebt.«

»Na ja, vielleicht ist es ja doch noch eine Option, weiterhin in unsere kleine Familie zu investieren, wenn sich Torsten jetzt wirklich ändert. Wenn er ...«

»Mon dieuchen, Lea! Der Typ wird sich niemals ändern, das ist aussichtslos. Da kannst du auch gleich einen toten Gaul beatmen.«

»Aber man kann ja zumindest noch mal miteinander reden.«

»Was willst du denn mit dem reden? Der Typ bricht deinen Briefkasten auf, und du freust dich, dass er dir einen Besuch abstattet! Das ist doch irre!«

Juli tippt sich mit dem Zeigefinger an die Stirn, deutet dann auf ihre Mutter und sagt: »Tock, tock, tock, völlig durchgeknallt, die Alte.«

»Juli!«, ermahnt Lea ihre Tochter. »Ich möchte nicht, dass du so über mich sprichst!«

»Das hat doch Oma aber auch gerade über Putzi gesagt, und da hast du nich' gemeckert!«

»Oma ist auch erwachsen und schwer erziehbar!«

»Na und? Dann will ich eben auch schwerazieba werden!«

»Keine Sorge, du bist auf dem besten Weg dahin!«, sagt Lea und küsst ihre Tochter auf den Hinterkopf. Dann bringt sie eine ganz andere Frage aufs Tapet: »So schön es auch ist, euch hierzuhaben, aber so ganz verstehe ich die Aktion nicht. Wir wären doch morgen sowieso wieder zurückgekommen.«

»Wir wollten euch süßen Hasenschnütchen einen Überraschungsbesuch abstatten. Einen gemeinsamen Familientag werdet ihr ja wohl ertragen, oder?«, fragt Friederike mit einem Balken Cappuccino-Schaum auf der Oberlippe.

Juli rutscht mit ihrem Hintern auf Leas Schoß hin und her. »Na ja, und eigentlich isses ja auch, weil ...«

Blitzartig schießt Friederikes Hand auf Juli zu. »Hier, ein Keks!«, sagt sie und stopft dem überraschten Kind das zuckerige Backwerk in den Mund. »Die Kleine leidet ja immer so schnell an Unterzuckerung!«

Lea kräuselt die Stirn. Irgendetwas stimmt hier nicht, aber als Lea gerade Luft holt, um nachzufragen, ergreift Friederike wieder das Wort. »Lea, Schätzchen, glaub mir, du bist noch ganz schön frigil. Du würdest doch Torsten sofort wieder in die Arme fallen, wenn der angekrochen käme, oder?«

Sie zuckt mit den Schultern. »Weiß nicht, keine Ahnung. Ich würde aber auf jeden Fall noch mal mit ihm sprechen.«

»Siehst du! Und genau deswegen sind wir deine Vorhaut.«

»Meine was?«

»Deine Vorhaut!«, wiederholt sie und nimmt ein Schlückchen Kaffee. »Damit du nicht wieder einknickst!«

»Ich glaube, du meinst Vorhut, aber egal.« Lea fährt sich mit den Fingern durchs Haar. »Weißt du, bis vor Kurzem konnte ich mir noch vorstellen, mit Torsten eine Familie zu gründen, und jetzt darf ich nicht mal ...«

Juli hüpft empört auf und ab. »Aber wir haben doch schon eine Familie! Du, Papa, Oma, Yacin, Mo ... wir brauchen Putzi doch gar nicht!«

»Es ist nur ...«

»Ich will keine neue Familie. Hab schon eine. Und Torsten ist auch überhaupt nicht nett«, ruft Juli aufgebracht.

»Er mag dich aber, Juli. Tief in seinem Herzen. Er konnte es einfach noch nicht richtig zeigen.«

»Stimmt nicht, Mama. Und ich habe auch Beweise!«

»Was denn für Beweise?«

»Sensationelle Neuigkeiten«, imitiert Juli ihr großes Vorbild Karla Kolumna, die rasende Reporterin aus den Benjamin-Blümchen-Hörspielen. Sie springt vom Schoß, läuft zu ihrem Kinder-Rucksack und beginnt heftig darin zu wühlen.

»Jetzt pass mal schön auf, Lealein«, schürt Friederike die Spannung. »Denn genau deswegen sind wir hier!« Beide beobachten, wie Juli sich nun breitbeinig vor ihren Rucksack setzt und maulwurfmäßig ihre Sachen durchpflügt. »Nicht gucken. Ich muss noch was vorbereiten!«, ruft sie und dreht den beiden Frauen den Rücken zu.

So nutzt Lea die kurze Pause und fragt: »Sag mal, wie habt ihr denn hier im Club überhaupt ein Zimmer bekommen?«

»Stell dir vor: Anrufen und buchen.«

»Nein, ich meine, das ist doch ein reines Männerhotel. Und Kinder sind verboten!«

»Ich habe denen unsere Notfall-Situation geschildert, und da war das alles kein Problem.«

»Notfall? Was denn für ein Notfall? Ihr hattet einfach nur Langeweile und wart neugierig auf unseren Urlaubsort!«

»Papperlapapp. Juli und ich würden doch nie aus Langeweile einen schwulen Ferienort ...«

»Was ist noch mal schwul?«, fragt Juli dazwischen, während sie ihr Tonbandgerät an die richtige Stelle spult.

»Wenn ein Mann einen anderen Mann liebt. Oder mehrere. Wie bei Papa«, antwortet Lea knapp.

»Ah, cool. Dann will ich später auch mal schwul werden.«

»Wir geben uns größte Mühe, mein Schatz.«

Endlich hat Juli ihre Vorbereitungen abgeschlossen und tritt nun stolz mit ihrem Aufnahmegerät samt Kindermikrofon an den Tisch.

»So, Mama. Damit du hörst, wie böse Torsten imma zu mir ist ...«

Doch gerade als Juli die Play-Taste drücken will, stürzt Leas Gesangslehrer auf sie zu. »Hier bist du. Wir haben dich schon überall gesucht! In fünf Minuten startet die Generalprobe.«

Lea guckt erschrocken zur Uhr. Verdammt, wie konnte sie nur die Probe vergessen. »Kommt ihr ein paar Stunden ohne mich klar?«, fragt Lea hektisch ihre Schwiegermutter.

»Ach, ich dachte, wir treffen jetzt erst mal unsere Männer? Meinen Sohnemann, Yacin und Mo?«

»Die sind auch bei der Probe.«

»Na, dann kommen wir eben mit!«

»Das geht leider nicht«, klinkt sich der Gesangscoach ein. »Wir machen die Generalprobe ohne Publikum. Aber heute Abend bei der Show seid ihr herzlich willkommen.«

»Gut, dann beziehen Juli und ich erst mal unsere Suite und machen es uns hübsch. Stimmt's, Mausi?« Juli jubelt.

»Sehr geiles Outfit übrigens!«, sagt der Gesangslehrer zu Friederike. »Man könnte echt denken, du bist 'ne Frau!«

»Ach, danke! Das ist aber nett«, giggelt Friederike affektiert und überprüft den Sitz ihrer Frisur. Dass sie gerade für einen Transvestiten gehalten wurde, hat sie überhaupt nicht gecheckt.

Lea gibt ihrer Tochter einen Kuss, verspricht ihr, sich nach der Probe die Aufnahmen ganz in Ruhe anzuhören, legt zum Dank Friederike die Hand auf die Schulter ... dann stürzt sie mit dem Gesangscoach in Richtung Bühne davon.

Kapitel 21

Am Nachmittag findet dann die große Familienzusammenführung statt. Paul, Mo und Yacin sind völlig von den Socken, als sie nach der Generalprobe nichts ahnend am Pool vorbeischlendern und plötzlich Juli auf sie zuschießt. Riesengroßes Hallihallo und Was-machst-du-denn-hier?-Getöse, auch Friederike wird herzlich von den Männern mit Küsschen rechts, Küsschen links begrüßt. Lea hat dichtgehalten und während der Probe nichts vom spontanen Familienbesuch erzählt. Die Überraschung ist rundherum gelungen. Auch Hendrik ist dabei und bekommt gleich die volle Ladung Familienchaos ab. Aber das scheint ihn überhaupt nicht zu stören. Ganz im Gegenteil, er plaudert angeregt mit Friederike, macht Quatsch mit Juli, bis Friederike sich auf einmal unauffällig an Lea wendet und raunt: »Schätzchen, wo hast du denn dieses Sahnestückchen aufgerissen? So was Niveauvolles hätte ich dir nach Torsten gar nicht mehr zugetraut.« Lea versucht zu erklären, dass sie sich mit Hendrik einfach nur gut versteht, doch Friederike wiegelt sofort ab: »Lealein, mir machst du nichts vor. Eure Blicke füreinander sagen alles.« Und so herrscht eine aufgekratzte Stimmung am Pool. Nur die anderen Hotelgäste sind von der kreischigen Familienparty mit Oma, Mutti, drei Papis, Freund und Kind nicht ganz so begeistert. Tja, aber da müssen die jetzt durch, das Leben ist nun mal kein Stummfilm.

Abends ist es endlich so weit, die große Musical-Show steht an. Die Hauptbühne ist prächtig illuminiert, die Kulissen sind hergerichtet, und die leise Lounge-Musik untermalt das stimmungsvolle Theater-Ambiente. Auch der Mond setzt sich theatralisch in Szene, während sich die Publikumsreihen füllen. Hinter der Bühne, im Schmink- und Kostümbereich, herrscht reges Durcheinander. Der eine sucht sein Requisit, der andere ein Kostümteil, einer singt sich warm, der andere meditiert. Haargummis sind auf einmal verschwunden, Schminke zerläuft, Haarspray ist im Dauereinsatz. Lea sitzt vor dem Schminkspiegel und ist gerade damit beschäftigt, die bezopfte Elsa-Perücke erdbebensicher anzubringen. Denn in der Generalprobe ist ihr das Ding bei den brummkreiselartigen Tanzeinlagen ständig verrutscht, sodass sie entweder den Zopf im Mund hatte oder das billig verklebte Innenteil der Perücke. Sie blickt zu Paul, der in seinem Eisenbahn-Kostüm neben ihr steht und einfach nur niedlich aussieht. Wie eine adipöse Dampflok, denn sein Rollschuh-Kostüm wurde wegen der vielen Stürze umfangreich nachgepolstert.

Plötzlich kommt Yacin angestürmt, seine Optik setzt allem die Krone auf.

»Meine Güte, was ist denn mit deinen Haaren passiert?«, fragt Lea, als Yacin panisch mit einer missratenen Tuff-Frisur neben ihr steht.

»Es ist ein Drama!«, jammert er kurz vorm Hyperventilieren. »Ich habe extra für heute diese Haarkur ausprobiert, und guck mal, wie ich jetzt aussehe. Wie ein Seidenhuhn mit Polyesterfrise.«

»Komm her!«, sagt Lea, tauscht mit ihm kurzerhand den Platz vor dem Spiegel und hantiert schließlich mit allerhand Bürsten, Wasser, Föhn, Gel und Haarspray, um irgendetwas Katzenartiges aus Yacins Haarschopf zu machen.

Währenddessen kommt Mo in seinem Warzenschwein-Kostüm angelaufen. »Hilfe, wie soll ich denn in diesem Kostüm aufs Klo gehen? An- und Ausziehen dauert eine Viertelstunde«, ruft er verzweifelt.

»Lass dir einen Katheter legen, oder hau dir 'ne TENA-Lady in den Schlüpfer«, blafft Yacin. »Wir haben jetzt keine Zeit für dein Pipi-Genöle. Ich bin ein echter Notfall.«

»Ich seh's!«, giftet Mo zurück. »Hast du ein aufgeplatztes Kuscheltier auf dem Kopp oder was?«

»Mo, Schnauze!«

»Mit der Frisur kommst du beim Putzen jedenfalls richtig gut in die Ecken!«, stichelt er weiter, doch bevor sich die Anspannung sogleich in einem handfesten Streit entlädt, rückt Lea das Kostüm von Mo mit wenigen Handgriffen so zurecht, dass er alles Nötige zum Pinkeln freilegen kann. »Danke, Lea. Du bist ein Goldschatz!«, sagt er und verschwindet.

In fünf Minuten geht die Show los, hinter der Bühne steigt die Aufregung. Das Publikum ist in bester Laune, was unter anderem an den griechischen Spezialdrinks liegen dürfte, die heute Abend ausgegeben werden. Dann heißt es: Toi, toi, toi, alle gehen auf Position, und die erste Nummer steht an: *Hakuna Matata.* »Alles bereit?«, fragt der Dance Captain, doch der spindeldürre Timon trippelt nervös von einem Fuß auf den anderen. »Pumbaa ist nicht da!«, sagt er. Alle gucken sich um, aber das Warzenschwein ist in der Tat nirgends zu sehen. »Wo ist Mo?«

Sofort wird der gesamte Backstage-Bereich durchkämmt, der Schminkraum auseinandergenommen, die

Kleiderkammer durchsucht, aber Mo bleibt wie vom Erdboden verschluckt. Alles ist in heller Aufregung. Puls, Stress, Hetze. Es ist mittlerweile fünf nach acht, die Stimmung draußen kocht wie in einem Fußballstadion. Der Dance Captain wirft kurzerhand das Programm um und bittet als Erstes *Starlight Express* auf die Bühne. Nach einer kurzen Anmoderation stolpern schließlich die Züge winkend in die Bühnenmitte, allen voran Paul, der vor Aufregung bleich ist wie eine Kalkwand. Hinter ihm rollt der Erste-Klasse-Waggon, ein Typ, der zu einer Billig-Barbie umgestylt wurde. Als Drittes folgt der Speisewagen, eine Art Dragqueen auf Rädern mit *Burger-King*-Krone auf dem Kopf. Kaum setzt die Musik ein, nimmt das Drama seinen Lauf. Als Paul nämlich plötzlich vor der Bühnenrampe bremst, haben seine Folgezüge von diesem Manöver nichts mitbekommen. Der Erste-Klasse-Waggon kracht ihm mit Schwung in den Rücken, sodass Paul nach vorn saust und achtkantig von der Bühne fliegt. Auch der Speisewagen kann seinen Schwung nicht drosseln und prallt ungebremst in den Erste-Klasse-Waggon, der nun ebenfalls mit einem spitzen Schrei frontal von der Bühne kracht. Nur der Speisewagen kann sich mit rudernden Armen oben halten. Das Publikum grölt und ist völlig aus dem Häuschen. Die Stürze gehen für die Beteiligten zum Glück glimpflich aus, trotzdem war das Ganze so nicht geplant – und vor allem nicht tagelang geprobt. Über den Seitenaufgang kraxeln die entgleisten Züge wieder zurück auf die Bühne. Alles auf Anfang, die Musik beginnt noch mal von vorn, und das Dreiergespann rollt wieder grotesk winkend in die Bühnenmitte. Gerade als Paul nun die erste Liedzeile singen will, dröhnen plötzlich ohrenzerfetzende Rückkopplungen durch die Lautsprecher. Es quietscht und fiept, sodass die Techniker den Mikros umgehend den Saft abdrehen und der *Starlight*-Song leider ausfallen muss. Der aufgekratzten Stimmung im Publikum tut das trotzdem keinen Abbruch. Es werden etliche Verbal-BHs auf die Bühne geworfen, ehe die drei unter frenetischem Applaus wieder ins Off rollen.

»Ey! Für diesen Dreck haben wir jetzt eine Woche lang geprobt? Das hätten wir uns echt sparen können!«, motzt die Erste-Klasse-Barbie.

»Dieser Auftritt war wie Onanie ohne Genitalien«, mault auch der Speisewagen. Nur Paul strahlt. Er ist überglücklich, dass dieser ganze Musical-Mist für ihn nun endlich vorbei ist.

Dann sind die Katzen aus *Cats* dran, aber die zeigen außer Purzelbaum und Bocksprung keinerlei nennenswerte Tanzeinlagen. Lea bewundert insgeheim den Mut der drei Männer, sich in einen hautengen Katzenfummel zu schmeißen. Auf einer bizarren Fetischparty würden sie in ihrem Outfit sicherlich nicht groß auffallen, zumal bei dieser Gelegenheit auch die prominente Zurschaustellung der primären Geschlechtsmerkmale Sinn ergeben würde. Aber hier auf der Bühne, ausgeleuchtet im Scheinwerferlicht, drei Hupfdohlen, die tanzen wie in einem Krankenkassen-Aerobic-Kurs ... dazu gehört echt Mut. Durch das ganze Rumgehopse sind die Katzen auch ziemlich schnell aus der Puste, sodass sie zu regelrechten Stöhnhyänen mutieren, von deren Gesang man kein Wort mehr versteht. Aber das auf Fun programmierte Publikum verzeiht alles und fühlt sich bestens unterhalten.

Lea hingegen ist völlig mit den Nerven runter. Erst jetzt kurz vor dem Auftritt wird ihr bewusst, was das für eine hirnrissige Idee war, als völlig talentlose Sängerin in einem Glitzerkleid vor Publikum zu treten, um ein kaum beherrschbares Lied zu singen – und noch dazu zu tanzen. Wie konnte sie sich nur zu so einem Schwachsinn hinreißen lassen? Inzwischen kann sie Mo nur allzu gut verstehen. Der ist einfach getürmt, genau das Gleiche sollte sie auch tun. »Hendrik, ich kann da nicht rausgehen. Ich mache mich doch komplett zum Gespött der Leute.«

»Hey, so schlimm singst du nicht, glaub mir!«, sagt er und zwinkert ihr in seinem Schneemann-Kostüm zu.

»Und wenn doch?«

»Na und? Interessiert doch keinen! Es geht hier doch um den Spaß und nicht um den schönsten Gesang. Entspann dich!«

»Mich zu blamieren macht aber keinen Spaß. Die Leute werden sich biegen vor Lachen. Bei meinem Lied ist doch alles krumm und schief.«

»Stimmt. Die werden lachen! Aber nicht aus Böswilligkeit, sondern weil wir mit dieser Show für Unterhaltung sorgen. Bei den anderen ist doch auch alles schiefgegangen, da kommt es auf deine paar Patzer auch nicht mehr an.«

»Ich trau mich nicht!«

»Hey, deine Tochter sitzt im Publikum und freut sich auf dich. Denk einfach an sie.« Lea atmet tief ein. »Und fürs Mutigsein kannst du keine Versicherung abschließen, da musst du voll ins Risiko gehen! Aber du packst das! Und falls etwas danebengeht, keine Sorge, ich bin ich ja auch noch da.«

Hendrik weiß gar nicht, wie dankbar Lea dafür ist, diesen Auftritt nicht allein durchstehen zu müssen. Sie wird der unterirdische Abschluss dieses Minus-Abends sein, das steht fest. Sie nimmt Hendriks Hand, drückt sie fest, während der Gesangslehrer den nächsten Auftritt ankündigt: *Die Eiskönigin.*

Der künstliche Nebel für Elsas Winterlandschaft setzt ein, die ersten Kunst-Schneeflocken wehen auf die Bühne. Die Eingangstakte für den Tanz erklingen, Lea zittert vor Aufregung, doch Hendrik legt seine Hand fest um ihre Schultern. Drei, zwei, eins – jetzt. Sie löst sich aus der Umarmung und tritt auf die Bühne. Groß, stark, souverän, wie Elsa. Sie erntet sogleich anhaltenden Jubel und lautes Klatschen, einfach nur, weil sie da ist und so anmutig in die Mitte schreitet. Ein Zustand, der leider nicht lange währt, da sie nämlich auf halbem Wege prompt auf dem seifigen Bühnenschnee ausrutscht und in einer absurden Parabel mit Schwung auf den Rücken fliegt. Das Publikum tobt. Zum Glück hat das Tüllkleid Leas Sturz bestens abgefedert, außer dem Schreck ist nichts passiert. Doch nach diesem Ausrutscher ist bei Lea plötzlich alles wie verhext. Die ganze Schwere, die Aufregung und die Blamier-Sorgen: alles fällt von ihr ab. Hendrik kommt in seinem Schneemann-Kostüm angehoppelt und haut sich ebenfalls auf dem glitschigen Boden aufs Parkett – ob mit Absicht oder nicht, vermag Lea in diesem Moment nicht so genau einzuschätzen. Sie jedenfalls muss lachen! Umeinandergeschlungen versuchen Lea und Hendrik schließlich, in ihren monströsen Kostümen wieder auf die Beine zu kommen, und kämpfen dabei gemeinsam gegen ihren Lachkrampf an. Auch das Publikum ist höchst amüsiert. Wieder auf den Beinen, folgt nun Leas gefürchteter Gesangspart. Sie sucht sich ein unbeschneites Plätzchen, dreht dem Publikum den Rücken zu, schließt die Augen und denkt an ihre Tochter Juli. An Paul, an Hendrik und alle anderen Herzensmenschen, die ihr guttun und die sie unterstützen, egal, wie krumm und schief sie gleich singt. Ihr kann nichts passieren. Sie ist sicher. So hebt sie den Kopf, dreht sich nach vorn und singt die ersten Töne von *Lass jetzt los.* Zuerst ganz zaghaft, man kann sie kaum verstehen, dann aber tastet sie sich weiter in den Song, ihre Stimme wird fester, mutiger, kraftvoller. Und auf einmal, als hätte sie einen inneren Schalter umgelegt, klappt alles wie am Schnürchen. Sie trifft jeden Ton, findet den Takt und den Rhythmus. »Ich lass los! Die Kraft, sie ist grenzenlos«, singt sie, und genau das fühlt sie auch in diesem Moment. Sie wirft alles ab, Kinderwünsche, Familienpläne, Männergeschichten. Weg damit. Sie hat keine Ahnung, was die Zukunft bringt, und das ist in diesem Moment auch völlig egal. Sie lässt los! Und ohne Gesangsregeln und Atemvorgaben schraubt sich ihre Stimme wie ein Hubschrauber immer weiter in die Höhe. Das Publikum ist sichtlich berührt und klebt förmlich an ihren Lippen. Sie singt derart ergreifend, dass auch Hendrik seine Schneemann-Moves einstellt und mit offenem Mund einfach nur staunend zuhört.

»Ich bin frei, endlich frei, was war, ist jetzt vorbei ...«, singt sie, und der Schluss des Liedes geht im donnernden Applaus unter. Rhythmisches Klatschen, Füßetrampeln, begeisterte Zugabe-Rufe. Lea dreht sich zu Hendrik um, der ein stolzes Honigkuchenpferdgrinsen im Gesicht trägt. Beide fassen sich an den Händen, treten an die Rampe und verbeugen sich. Lea wirft ein paar Luftküsse ins Publikum und geht dann mit Hendrik vorsichtig durch den Seifenschnee ab. Es ist geschafft. Lea fällt ein Stein vom Herzen – so groß, dass es ein Monolith gewesen sein muss.

Kapitel 22

Lea macht sich nach der Aufführung in der Villa noch mal frisch, zieht ein buntes Sommerkleid an und schlendert gemütlich in Richtung Swimmingpool, wo das weitere Abendprogramm stattfindet. Am Wegesrand leuchten Fackeln, in den Bäumen hängen Lampions, und der Pool ist pink illuminiert. Das ganze Resort ist auf den Beinen, an jeder Ecke wird gelacht und gequatscht. Es herrscht ausgelassene Sommerabend-Stimmung, wozu auch die Dinner-Band beiträgt, die auf einer kleinen Plattform vor dem Pool chillige Jazzmusik spielt.

Paul, Juli, Yacin, Friederike und Hendrik sitzen an einem der hinteren Tische und haben von dort einen tollen Blick auf die Pool-Band. Wo Mo bleibt, ist nach wie vor ein Rätsel. Nach der Aufführung ist schon ein Suchtrupp ausgeschwärmt, um ihn auf der Insel ausfindig zu machen, aber vergebens. Wenn er bis Mitternacht nicht auftaucht, werden sie die Hotelleitung informieren, denn sein Verschwinden ist schon ein wenig besorgniserregend. Aber erst mal wird Lea stürmisch von Friederike und Juli begrüßt, und beide gratulieren ihr zu dem wundervollen Auftritt. Lea nimmt ihre Tochter fest in den Arm. »Juli, du müsstest doch eigentlich schon längst im Bett sein, oder?«

»Gar nicht! Es ist ja noch Urlaub. Da gelten Oma-Regeln«, stellt Juli klar, und Lea gibt ihr einen Kuss. Heute ist einfach nicht der Tag für erzieherische Maßnahmen.

Lea setzt sich auf den freien Platz neben Hendrik und nimmt ihre Tochter auf den Schoß. Stolz zeigt Juli den beiden die Fotos, die sie während der Aufführung mit Friederikes Handy gemacht hat. Es überrascht keinen, dass die Sechsjährige besser mit dem Smartphone zurechtkommt als die siebenundsechzigjährige Besitzerin. Einige Aufnahmen sind zwar verwackelt, aber die Stimmung hat Juli trotzdem perfekt eingefangen. Als die Kleine wieder vom Schoß hopst, sitzt Lea plötzlich ganz nah bei Hendrik, Schulter an Schulter. Und plötzlich taucht es wieder auf: das Gefühl. »Appin lukkin foa friedn« bis zum Anschlag. Lea kann sich kaum auf das Gespräch in der Runde konzentrieren, weil alle Nerven bei ihr unter Starkstrom stehen. »Verschwinde, du Gefühl!«, befiehlt sich Lea innerlich. »Leg dich wieder in deine Nebennierenrinde – oder wo auch immer du wohnst –, aber lass mich in Ruhe!« Es hilft nichts, das Gefühl bleibt. Ihr Kopfkino übernimmt das Ruder und macht dabei jeder Fernseh-Schmonzette Konkurrenz: Sie sieht sich nämlich auf einmal hochschwanger im Elsa-Kleid vor einer Standesbeamtin sitzen, neben ihr Hendrik im King-Louie-Kostüm. Nur eine Unterschrift von der Ehe entfernt. Juli hopst als Brautmädchen um sie herum, wirft mit Konfetti, ehe hundert weiße Tauben hereinflattern, als würden gerade die Olympischen Spiele eröffnet. Lea und Hendrik lauschen den rührenden Worten der Standesbeamtin, Leas rechte Hand liegt dabei geborgen in der von Hendrik, ihre linke ruht auf dem gewölbten Babybauch. »Und wollen Sie, Lea Fuhrberg, mit Ihrem hier anwesenden Verlobten Hendrik Wettmar die Ehe eingehen, dann antworten Sie mit: ›Ja, ich will.‹« Und Lea säuselt: »Ja, ich will!« – leider so vernehmlich, dass Friederike plötzlich einen Gluckser ausstößt. Lea bekommt davon überhaupt nichts mit, sie ist viel zu sehr mit der eigenen Verzückung beschäftigt. Vorbei die Zeit, wo sie noch an Amors Nietenteppich mitgeknüpft hat. Die Eskapade mit Torsten ist längst Geschichte. Nie wieder wird sie auch nur einen Gedanken an ihren prolligen Ex-Freund verschwenden, denn dieser Mann ist für sie ein für alle Mal ... Nanu, was ist das? Leas Traumgebäude stürzt ein, Bräutigam Hendrik zerfällt zu Staub, der Babybauch verschwindet. Lea kracht aus allen Wolken! Denn genau dieser Torsten, der soeben noch ins Postfach »gelöschte Objekte« verschoben wurde, bahnt sich auf einmal mit festem Schritt den Weg Richtung Pool. Lea blinzelt, damit sich ihre Augen wieder scharfstellen. Sie träumt nicht: Da. Ist. Torsten! Die Realitäts-Faust schlägt heftig zu. Die anderen am Tisch haben Leas Entdeckung noch gar nicht bemerkt. Kurz vor einer hysterischen Schnappatmung deutet sie stumm wie E. T. mit dem ausgestreckten Zeigefinger zur Pool-Band und krächzt in die Runde: »Torsten! Ich fass es nicht! Torsten!«

Alle am Tisch drehen die Köpfe schlagartig um.

»Mist, ich hab's geahnt!«, sagt Friederike und schlägt mit der flachen Hand auf die Stuhllehne.

Lea sitzt wie erstarrt in ihrem Sessel, auch Hendrik ist sprachlos. Er weiß wohl nicht so recht, wie er sich am besten verhalten soll. Angriff? Verteidigung? Gutes Zureden? Oder einfach mal abwarten?

Torsten ist derweil bei der Jazz-Combo unten angekommen. Er tritt auf die Empore, die Musik stoppt, und er schnappt sich ungefragt das Band-Mikrofon. Die Boxen dröhnen, die Gespräche verstummen, Hunderte von Augenpaaren richten sich auf ihn. Er räuspert sich. »Hey, ihr supersüßen, äh, Menschen!« Leises Gemurmel und Geraune. Lea spürt akute Fluchtinstinkte. Sie hat das ungute Gefühl, dass Torstens Auftritt irgendwas mit ihr zu tun haben könnte. Sie grapscht nach der Getränkekarte und hält sie sich wie in einem Agententhriller zur Tarnung vors Gesicht.

»Sorry, ihr Lieben, ich störe die Vibes nur ungern, aber es ist wirklich dringend. Hier unter euch ist nämlich eine Lady, die ich über alles liebe. Meine Power-Station. Meine Energy. Lea, ich weiß, dass du hier bist. Bitte steh mal auf.« Es kommt Bewegung ins Publikum, und Lea rutscht mit ihrer Getränkekarte tief und tiefer in den Sessel.

»Lea, bitte verzeih mir«, schallt es weiter durchs Mikro. »Ich habe derben Bullshit gebaut. Aber mir ist jetzt klar, was ich wirklich will. Nämlich dich. Und uns. Als Family. Ja, du hast richtig gehört. Family. Lass uns ein Kind machen ...«

Ein kollektives »Oooooooooooh!« geht durchs Publikum. Die Männerschar ist total ergriffen, als hätte jemand einen Hundewelpen präsentiert. Sätze wie »So einen hätte ich auch gerne!«, »Wie niedlich ist der bitte!«, »Den würde ich auch sofort mit nach Hause nehmen!« tönen aus dem Publikum.

»Ach, was sage ich«, fährt Torsten auf der Bühne fort, »Lea, lass uns nicht nur ein Kind machen, sondern gleich zwei oder drei. Eine ganze Fußballmannschaft. Ich bin bereit ...«, er deutet auf seinen Schritt, »und mein Kumpel hier auch!«

Torstens frivole Geste hat gewisse, sagen wir mal, erotische Spannungen zur Folge, die sich nun aus dem Publikum mit heißen Pfiffen und lüsternen Rufen Bahn brechen. »Es ist so ungerecht!«, hört Lea einen Typen vor sich in der Sitzreihe sagen. »Alle tollen Männer sind hetero. Es ist ein Jammer!«

Dann aber legt Torsten den nächsten Gang ein. »Lea, ich habe für dich etwas vorbereitet, als Liebesbeweis und weil ich weiß, dass dir meine Songs immer richtig viel geben. Das, meine Süße, ist für dich …« Er holt aus seiner Tasche eine Ukulele hervor, offenbar ein neues Exemplar. Dann klampft er ein paar schräge Akkorde, ehe er auf die Melodie seiner Dankes-Morgenhymne folgende poetische Glanzleistung singt:

LEA, du bist die Allerbeste,
LEA, ich war ein krasses Rind,
LEA, ich liebe dich ganz feste, jetzt mach mir ’n Kind.
LEA, ich finde dich so mega,
LEA, ich baue nie mehr Scheiß,
LEA, du bist ’n echter Feger, ich find dich voll heiß.

»LEA …«, er bricht jäh ab. Textsicherheit war noch nie seine Stärke. Aber das Publikum findet seinen Auftritt trotzdem goldig … und wahnsinnig sexy.

Nach und nach richten sich immer mehr Augen auf Lea. Sie spürt die Erwartung, Torstens romantisches Werben nun mit einem erlösenden Kuss zu besiegeln. Einerseits hat sie auch tatsächlich den Impuls, zu ihm auf die Bühne zu rennen, ihn zu umarmen, zu küssen, weil er so etwas Liebes noch nie zuvor für sie gemacht hat. Andererseits ist sie sich gar nicht sicher, ob sie ihn überhaupt zurückhaben will. Denn neben ihr sitzt Hendrik! Allein die Nähe zu ihm fühlt sich schon viel besser an als jede Umarmung mit Torsten. Trotzdem ist sie komplett überfordert und verharrt in ihrer Starre, bis plötzlich Friederike auf die Bühne stürmt. Ein Raunen geht durch die Menge. Sie reißt Torsten das Mikro aus den Händen und brüllt: »Du elender Lügner!«, und zwar so laut, dass die Leute auf dem Festland sie sicher auch noch hören können. »Du sollst Lea endlich in Ruhe lassen. Sie hat mit dir Schluss gemacht und will nichts mehr mit dir zu tun haben.« Großes Gemurmel und Getuschel, ehe sich Friederike direkt an das Publikum wendet: »Herrschaften, ich muss da mal was klarstellen. Dieser Mann hier ist kein romanischer Liebhaber, sondern ein mieser, durch die Betten springender Lügner!«

Die Stimmung dreht auf wie bei einer krawalligen Talkshow – mit Leas Leben als Trash-Thema.

»Hey, wie schön, liebe Friederike, dass du auch hier bist«, sagt Torsten zu ihr. »Hol dir doch erst mal einen Drink an der Bar. Ohne deine tägliche Ration Alkohol bist du einfach ungenießbar.« Mit diesen Worten versucht er sie sanft von der Bühne zu bugsieren, doch diese dreiste Unterstellung lässt Friederike nicht lange auf sich sitzen. Sie bekommt ein Schwimm-Einhorn zu fassen und drischt damit nun wie eine Furie auf Torsten ein. Einige Schläge kann er abwehren, andere Treffer sitzen. Man sieht Torstens ganzer Haltung an, dass er Friederike am liebsten mit einem Faustschlag in den Boden rammen würde. Doch vor Hunderten von Zeugen ist es wenig schicklich, eine Rentnerin zu vermöbeln – mal abgesehen von der Tatsache, dass es ihm nicht mal gelingt, ihr das aufblasbare Einhorn abzuknöpfen. Doch irgendwann geht Friederike die Puste aus, sie hält inne, ehe sie wieder vor das Standmikrofon schreitet. »So, Torsten. Dann erkläre uns doch mal«, schnauft sie, »wieso dir ausgerechnet jetzt sieben heiß einfällt, dass du Lea liebst, obwohl du sie die ganze Zeit nur ausgenutzt hast.« Getöse aus der Menge. »Und wieso willst du Kinder, wenn du Leas Tochter Juli aus tiefstem Herzen hasst?«

Torsten tritt zum Mikrofon vor. »Liebe Friederike, ich habe nie gesagt, dass ich Juli hasse. Was redest du da für wirres Zeug? Ich liebe Kinder! Du musst langsam mal zurück in dein Altersheim, oder?« Erste vereinzelte Buh-Rufe, die Stimmung droht zu kippen – und zwar zu Ungunsten von Torsten. Friederike ist wieder auf hundertachtzig. Sie ergreift erneut das Einhorn, zwiebelt Torsten eins über, der wiederum bewaffnet sich mit einem aufblasbaren Pudel und versucht Friederikes Schläge zu parieren. Ein Bitch-Fight erster Güte entbrennt. Torstens Pudel fegt durch Friederikes Haarspray-Frise, ihr Einhorn nimmt Torstens Kronjuwelen unter Beschuss. Dazu dröhnen Anfeuerungsrufe und lautes Klatschen aus dem Publikum wie bei einem Boxkampf. Die Rauferei endet erst, als Juli plötzlich mit ihrem Kinder-Aufnahmegerät auf die Bühne stapft. Lea hat gar nicht gemerkt, dass sich Juli heimlich aus dem Staub gemacht hat. Die Kleine muss unter den Sitzen hindurchgekrabbelt sein. Lea kommt sofort aus ihrer Deckung und ist hellwach. Denn mit ihrer Tochter im Spiel versteht sie keinen Spaß mehr. Sie springt auf und versucht sich den Weg zur Bühne zu bahnen, vorbei an rappelvollen Stuhlreihen und rappelvollen Menschen.

Währenddessen schnappt sich Juli unten auf der Empore schon das Standmikrofon, legt es der Länge nach auf den Boden und stellt ihr Aufnahmegerät daneben.

»So, Leutchens, jetzt alle mal schön aufgepasst ...«, blökt Juli ins Mikro und drückt die Play-Taste. Hunderte von »Pssst!«-Rufen zischen durchs Publikum, und es ist schlagartig ruhig.

»Basti? Ja logen, ich bin's, Torsten. Wollte mal hören, was so geht«, dröhnt Torstens Stimme nun gut hörbar von Julis Tonband durch die Soundanlage. »Ach, bei mir? Nee, alles super! Die Alte bringt die Kohle nach Hause, und ich mach mir 'nen Larry. Geht nicht geiler. Was? Ja klaro. Bei den Frauen bin ich immer noch voll am Start. Wenn ich dicke Eier habe, lasse ich den Zuchtbullen raus. Hehehe.« Das Publikum ist in hellem Aufruhr, Torsten hat nun alle Sympathien verspielt. Halb gefüllte Bierbecher und allerhand Olivenkerne fliegen ihm um die Ohren. Anstatt nun aber die Flucht zu ergreifen oder zumindest den Wurfgeschossen auszuweichen, steht Torsten wie paralysiert am äußeren Rand des Pools und bewegt sich keinen Millimeter. Juli lässt die Aufnahme schonungslos weiterdudeln. »Was, Digga? Ja voll. Mein Leben ist wie Urlaub! Nur die kleine Ratte hier im Haus ist der absolute Horror. Ja, Alter, ich sag's dir: Kinder sind die Pest. Dieser kleinen Drecksgöre könnte ich jeden Tag den Hals umdrehen. Was? Nee, das Blag ist von meiner Ollen. Ich und Kinder? Niemals! Aber weißt du, was? ...« Der Rest geht im allgemeinen Tumult unter. Mittlerweile ist Lea unten an der Bühne angekommen, und auch ihr ist jetzt definitiv klar, dass Torsten das Allerletzte ist. Sie stürzt wie ein Adrenalin-Geschoss auf die Bühne, schnappt sich einen Plastik-Flamingo und setzt den zur Salzsäule erstarrten Torsten mit einem kapitalen Schlag schachmatt. Er purzelt wie eine abgeschossene Schießbudenfigur rücklings in den Pool – was ein bisschen blöd ist, so als Nichtschwimmer. Im Wasser erwacht Torsten aus seinem Phlegma, strampelt wie wild mit Armen und Beinen, ruft panisch um Hilfe, planscht und zappelt, bis er merkt, dass er im seichten Wasser stehen kann. Lea wirft ihm treffsicher das Schwimm-Einhorn an den Kopf, an das er sich trotz der geringen Wassertiefe wie ein Schiffbrüchiger festkrallt. Ziemlich schnell findet er dann zu alter Kraft zurück, treibt mit dem Einhorn im Wasser und verflucht lautstark Leas gesamte Sippe. »Ihr seid so ein kaputter Haufen! Das zahle ich euch heim!«, ruft er aus dem Wasser, und das Publikum johlt. Lea nimmt ihre Tochter in den Arm, Friederike kommt dazu und drückt beide ans Herz. So stehen sie da ... im Rampenlicht, bei tosendem Applaus und Trommelwirbel.

Kapitel 23

Juli ist der unumwundene Star des Abends. Ihr Name wird im Chor skandiert, sie wird beklatscht und für ihre mutige Tat von allen Seiten gefeiert. Auch Lea bekommt etliche Gratulationen dafür, endlich den Absprung von Torsten geschafft zu haben, aber die heroische Tonband-Aufnahme von Juli bleibt einfach unschlagbar. Paul ist so unendlich stolz auf seine Tochter, dass er glatt ein Tränchen verdrückt, als er sie in den Arm nimmt. Auch Lea könnte vor Tochterliebe platzen, wenngleich ihr das schlechte Gewissen bleischwer im Magen liegt. Denn Julis berechtigte Abneigung gegenüber Torsten hat sie in der Vergangenheit einfach nicht ernst genug genommen. »Das wird nie wieder vorkommen, das verspreche ich dir«, entschuldigt sich Lea bei ihrer Tochter. Juli darf dann auch so viele Knabbernüsse essen, wie sie will, sie läuft herum, spielt, tobt ... bis ihr irgendwann vor lauter Müdigkeit die Augen zufallen und sie in Pauls Arm einschläft.

Hendrik kümmert sich währenddessen mit der Security darum, Torsten aus dem Pool zu fischen und ihn zur Hotelleitung zu bringen. Wegen Unruhestiftung und unberechtigten Betretens der Insel bekommt er sofort Hausverbot und soll mit der letzten Fähre von der Insel geschafft werden. Bis das Schiff kommt, dauert es leider noch ein Weilchen. Deshalb versichert Hendrik Lea, so lange bei Torsten zu bleiben und auf ihn aufzupassen, bis er die Insel endgültig verlassen hat. Auf Nimmerwiedersehen.

Nachdem Paul Juli ins Bett gebracht hat und alle bis auf Hendrik wieder zusammen auf der Terrasse sitzen, fordert Yacin: »Friederike, jetzt erzähl bitte noch mal die ganze Geschichte. Also, woher wusste Torsten überhaupt, dass wir hier auf der Insel sind? Hast du ihm das erzählt?«

»Natürlich nicht! Ich wusste ja nicht einmal, wo dieses Hükatintos überhaupt liegt. Ich war ja noch nie gut in Geometrie.«

»Und wie hat er es rausgefunden?«

»Lea, du hast wohl ein Foto ins Internet gestellt. Das hat Torsten gesehen!«

»Ich?«, ruft Lea erschreckt. Doch nach kurzem Nachdenken fällt es ihr ein: Das Strandfoto auf Instagram, mit Ortsangabe. Mist. Friederike hat recht.

»Als wir Julis Kuschelbanane holen wollten, haben wir Torsten unten am Briefkasten getroffen. Da ist mir dummerweise rausgerutscht, dass Lea mit Paul zusammen in den Urlaub gefahren ist«, sagt Friederike, und Lea ist ganz überrascht, aus dem Mund ihrer Schwiegermutter das erste Mal so eine Art Fehlereingeständnis zu hören. »Als Torsten das nun mitbekam, war er steif und ... äh, hart?«

»Steif und fest!«

»... steif und fest davon überzeugt, dass mein Sohn Paul Lea wieder zurückerobern will.«

»Ach, die Geschichte schon wieder!«, seufzt Paul. »Torsten kann einfach nicht glauben, dass ich schwul bin, weil ich früher mal mit Frauen zusammen war.«

»Da sieht man doch gleich, was für eine Geisterhaltung dieser Mensch hat«, empört sich Friederike. »Jedenfalls hat sich Torsten dann in den Kopf gesetzt, Lea hier im Urlaub aufzusuchen, um sie vor Paul zu retten. Und da habe ich zu mir gesagt, Friederike, habe ich zu mir gesagt: Setz alle Knöpfe in Bewegung, um Torsten zuvorzukommen. Denn mit Julis Entdeckung mussten wir einfach vor Ort sein! Mir war klar, Lealein, dass du sofort wieder einknickst, wenn Torsten hier auftaucht.«

Auch wenn sie es ungern zugibt, vermutlich hat Friederike recht. Lea hat diesen Showdown tatsächlich gebraucht, damit die Realität der Hoffnung mal ordentlich eins auf die Schnauze haut. Sie legt ihrer Schwiegermutter die Hand auf den Arm und will sich gerade bei ihr bedanken, als sich in der Ferne plötzlich ein Warzenschwein abzeichnet. Die Mienen am Tisch gehen rapide auf Talfahrt. Kurze Zeit später steht mit fettem Grinsen und Paradelaune Mo in seinem Pumbaa-Kostüm bei ihnen am Tisch.

Yacin guckt auf die Uhr. »Ähm, Mo! Schön, dass du da bist. Deinen Auftritt hast du nur ganz knapp verpasst. So um schlappe vier Stunden.«

»Wo bist du gewesen?«, entrüstet sich Lea. »Wir haben dich überall gesucht!« Und dann prasseln von allen Seiten Vorwürfe auf ihn ein.

»Was war denn das für eine Aktion, Mo?«

»Du hast deinen Gesangspartner im Stich gelassen ...«

»Und uns auch!«

»Wir haben uns Sorgen um dich gemacht!«

»Sind wie blöde am Strand rumgelaufen ...«

»... und haben dich überall gesucht!«

Mo hebt die Hände und lässt sich in seinem dicken Kostüm auf einen freien Lounge-Sessel plumpsen.

»Leute, ist ja gut. Ich weiß, die Aktion war nicht ganz sauber, aber es ging nicht anders: Ich hatte gerade den Sex meines Lebens!«

Eingefrorene Gesichter, sekundenlang. Selbst ein Türschlossenteiser könnte die Frostmienen nicht lösen.

»Sorry, ich weiß, das klingt hart. Aber ich will ehrlich zu euch sein«, sagt Mo ohne jeden Anflug von Reue. »Ich habe hier einen Typen getroffen, bei dem konnte ich einfach nicht widerstehen. Der ist der pure Wahnsinn.«

Immer noch schocksteife Gesichter am Tisch, die Mundwinkel hängen in den Kniekehlen.

»Ja, Leute. Ich habe eine Affäre. Das teile ich ganz offen mit.«

Die Erste, die ihre Sprache wiederfindet, ist Friederike. »Hast du das Kostüm beim Sex wenigstens ausgezogen?«, fragt sie forsch. Offenbar ist das in diesem Moment ihre einzige Sorge.

»Nein, das war ja das Geile. Ich hatte gerade Warzenschwein-Sex. Ich sag's euch, es gibt nichts Besseres.«

In diesem Moment schlägt bei Lea die Erkenntnis durch, dass sie Mo bei der Vorbereitung zum Warzenschwein-Sex sogar indirekt behilflich war, denn immerhin hat sie vor der Aufführung noch sein Kostüm entsprechend drapiert. Zum Pinkeln, dachte sie … Paul setzt sich in seinem Stuhl auf und räuspert sich. »Du weißt schon, dass Sex mit anderen Typen ein Verstoß gegen Paragraf eins unseres Liebesvertrages ist?«

Mo nickt schuldbewusst und lächelt bübisch.

»Ich finde das kein Stück lustig!«, sagt Paul todernst. »Was du gemacht hast, verletzt mich maßlos. Wir haben doch erst heute Vormittag den finalen Beziehungsvertrag unterschrieben, es war alles geklärt und vereinbart. Und ein paar Stunden später wirst du untreu und brichst den Vertrag. Das finde ich unsäglich, Mo! Ich liebe dich, das weißt du. Aber auf dieser Basis kann ich unmöglich länger mit dir zusammen sein!«

Keiner wagt es, sich zu rühren. Selbst Friederike hält mal ausnahmsweise den Schnabel.

»Ich kann das verstehen«, sagt Mo schließlich. »Ich liebe euch auch. Alle beide. Aber mir ist in diesem ganzen Coaching-Prozess aufgefallen, dass ich mich einfach nicht so eng binden will. Und schon gar nicht mit Paragrafen und Regeln. Meine Abenteuerlust passt einfach nicht zu unserer geschlossenen Dreierbeziehung. Das ist mir jetzt klargeworden. Bisschen spät, ich weiß.«

»Damit hat sich unsere Beziehung auf jeden Fall erledigt«, sagt Paul und schluckt seinen Frust hörbar hinunter.

Yacin wischt sich die türkise Haartolle aus der Stirn. »Und wer ist der Glückliche, wenn man fragen darf? Kennen wir den zufällig?«

Mo hüstelt und guckt betreten zu Boden. »Ihr werdet es ja früher oder später sowieso erfahren. Mein Kerl ist für eine hier in der Runde kein Unbekannter«, sagt er und legt eine kurze Kunstpause ein. In diesem Moment kommt Hendrik um die Ecke und nähert sich mit einem Lächeln.

»So, das Thema Torsten hat sich soeben erledigt!«, ruft er, reibt sich die Hände und blickt in angespannte Gesichter. »Ach, sorry, Schweinchen, störe ich gerade bei deiner Beichte?«, fragt Hendrik und legt Mo liebevoll den Arm um die Schulter.

»Alles gut. Schön, dass du da bist, Schatz«, antwortet Mo, lächelt ihn sanft an und ergreift Hendriks Hand. »Ich bin gerade dabei, allen von unserer aufregenden Begegnung zu erzählen! Von dem kleinen Sex-Abenteuer.«

Sämtliche Kinnladen gehen auf Sinkflug. Leas Blick spricht Bände des Entsetzens, da passt die ganze Wikipedia rein. Mo und Hendrik! Also doch! Die beiden hatten Sex und sind womöglich auf dem besten Weg, ein Paar zu werden. Sie hat es die ganze Zeit geahnt, dass sie sich bei Hendrik nicht sicher sein kann. Lea ist kurz vorm Nervenzusammenbruch. Sie erwägt, auf der Stelle in eine Frauensekte einzutreten und eine Konversionstherapie zu machen, um konstant lesbisch zu werden. Oder sie lässt sich für den Rest ihres Lebens in ein Frauenkloster einliefern oder in die Irrenanstalt – wobei das ja streng genommen das Gleiche ist. Egal. Hauptsache, nie wieder Männer! Gerade als sich Leas Tränenkanal öffnet, ihre Unterlippe anfängt zu beben, sagt Mo: »Es ist Demetrios! Ich habe eine Affäre mit Demetrios!«

Stopp, Vollbremsung, Schubumkehr. Lea weiß gerade nicht, wie ihr geschieht. Demetrios? Ihr Sex-Flop? Ist das sein Ernst?

»Hendriks Bungalow liegt direkt neben dem von Demetrios, und na ja, gestern Nacht waren wir wohl etwas laut«, sagt Mo. »Es war leider nicht zu verhindern, dass die Nachbarn etwas mitkriegen.«

Schnell ergreift Hendrik das Wort. »Ich bin sofort rübergelaufen, weil ich dachte, jemand hätte einen Asthmaanfall und bräuchte Hilfe.«

Lea kann nicht mehr, ihr Leben ist gerade ein einziger Witz. Sie bricht in einen völlig hysterischen Lachanfall aus, prustet, wiehert und kriegt sich gar nicht mehr ein. Erst als sich Hendrik neben sie setzt, kann sie ihre Atmung wieder einigermaßen beruhigen.

Dann ergreift Yacin das Wort. »Leute, ich muss euch auch etwas gestehen!«, sagt er und hat sofort die volle Aufmerksamkeit. »Paul und Mo, auch ich war unehrlich zu euch. Denn seitdem wir zusammen sind, habe ich mich nicht getraut, euch die Wahrheit zu sagen. Und die

Wahrheit ist ...« Allen stockt der Atem. Paul sieht schon seine gesamte Beziehung implodieren und sich als Single wieder nach Hause zurückkehren. »Die Wahrheit ist«, Yacin holt tief Luft, »... dass ich nur dich liebe, Paul, und eigentlich nur mit dir zusammen sein will.« Yacin wendet sich zu Mo. »Es tut mir leid, Mo, dass du es auf diese Weise erfährst. Aber als Paul damals zu uns kam, habe ich irgendwann nur noch ihn geliebt und wollte ihn ganz für mich allein. Das habe ich nie offen gesagt, nicht mal hier im Coaching bei Lydia. Das tut mir total leid.«

Pauls Miene wird butterweich, Yacin hingegen schnürt es die Kehle zu, und er unterdrückt die Tränen. Zwecklos. »Ich war die ganze Zeit so krass eifersüchtig auf dich, Mo!«, schluchzt Yacin. »Wenn ihr etwas zu zweit unternommen habt, bin ich jedes Mal fast gestorben. Ich habe diese ganze Dreierbeziehung nur mitgemacht, weil es die einzige Möglichkeit war, mit Paul zusammen zu sein. Denn ich wusste ja, wie sehr er auch dich liebt. Uns beide.« Taschentücher rascheln, großes Geschnäuze.

»Krass!«, sagt Mo und beißt sich auf die Lippen. »Ich habe dich echt geliebt, Yacin. Sehr sogar. Ich liebe dich eigentlich noch immer.«

»Das tut mir leid, Mo. Ich mag dich auch. Aber diese echte, tiefe Liebe, die spüre ich nur für Paul.«

Kurze Zeit Stille. »Tja, dann ist ja alles geklärt!«, sagt Mo schließlich mit belegter Stimme und wuchtet sich aus dem Sitz. Auch Paul und Yacin stehen auf und geben Mo einen Abschiedskuss.

»Okay, dann ... ihr entschuldigt mich ...«, sagt Mo kleinlaut. »Ich geh zurück zu meinem Kerl. Wir müssen die letzte Nacht ausnutzen!« Er winkt verhalten und nimmt den Weg zurück zu den Strandbungalows. Wenige Sekunden später ist das Warzenschwein im Dunkel verschwunden.

Betretene Stille am Tisch. Friederike ist die Erste, die wieder einen klaren Gedanken fassen kann. »Höchst traurig, das Ganze. Ich habe Mo sehr gemocht! Aber immerhin eröffnen sich jetzt ganz neue Perspektiven!«

»Was meinst du?«, fragt Yacin mit verquollenen Augen.

»Na ja, jetzt mal ganz packmatrisch gedacht: Wenn ihr jetzt nicht mehr zusammen seid, wird Mo ja über kurz oder lang bei euch aus der Wohnung ausziehen. Den freien Platz könnte dann Lea einnehmen und es sich in Mos Zimmer bequem machen! Juli hat ja schon das Kinderzimmer bei euch, und so wären endlich wieder Mutter, Vater und Kind unter einem Dach vereint – natürlich mit dir, Yacin. Kein nerviges Hin-und-her-Wechseln mehr für Juli, keine zwei Haushalte, sondern die ganze bunte Familie auf einem Haufen. Ist das nicht herrlich?«

Lea kann sich ein Lächeln nicht verkneifen. Auch Yacin strahlt, Pauls Augen funkeln.

»Und dann komme ich euch jede Woche besuchen, und wir spielen Kanaster!«, freut sich Friederike und klatscht in die Hände. »Denn erst mit mir ist die Familie ja richtig komplett, stimmt's!?«

Lea muss gestehen, dass die Wohnungsidee in der Tat hervorragend klingt. Bis auf Friederikes wöchentliche Besuchsvorhaben, die müssen sie ihr schleunigst wieder ausreden.

»Und, Hendrik, wie geht es bei Ihnen jetzt weiter?«, fragt Friederike offenbar in dem Ansinnen, ihn aus der Reserve zu locken.

Hendrik hüstelt. »Ja, also, wenn wir schon gerade dabei sind, ich muss auch noch ein Geständnis machen …«, sagt er und rutscht an den vorderen Rand seines Lounge-Sessels. »Es klingt vielleicht ein bisschen kitschig, aber mit dreizehn Jahren war ich mal unsterblich in ein Mädchen verliebt. Ich war damals mit meiner Handballmannschaft in einem Ferienlager, und eines Abends, bei der Kinderdisco, stand sie plötzlich neben mir. Seitenzopf, Zahnspange, Pferde-T-Shirt und eine Dose Bier in der Hand. Ich war auf der Stelle verliebt. Aber das Mädchen von damals hatte nur Augen für jemand anderes, und ich – ich war verklemmt wie ein kaputter Reißverschluss. Sie tanzte und flirtete mit allen möglichen Jungs, mich aber hat sie kein Stück beachtet. Irgendwann war die Zeit im Ferienlager vorbei, doch dieses Mädchen ging mir einfach nicht mehr aus dem Kopf. Natürlich habe ich versucht herauszufinden, wo sie wohnt, in welcher Stadt, in welcher Straße … aber das Einzige, was ich damals von ihr wusste, war der Name. Ich war völlig verzweifelt, und erst später habe ich erfahren, dass wir sogar nur dreißig Kilometer voneinander entfernt gewohnt haben. Na ja, und so vergingen die Jahre, es traten andere Frauen in mein Leben, alles ging irgendwie weiter. Doch auf einmal habe ich sie wiedergefunden. Genau dort, wo man es am wenigstens vermutet. Sofort war alles wieder da: das gleiche Gefühl, das gleiche Kribbeln, die Aufregung. Die Frau, die ich hier wiedergefunden habe und das Mädchen von damals: Das bist du, Lea Fuhrberg! Ich musste lange auf dich warten, aber ich muss sagen, es hat sich gelohnt.«

Das letzte Mal, dass Lea ihr Herz so rasen hörte, war bei den Bundesjugendspielen 1998. Es geht nicht anders, sie muss Hendrik jetzt küssen. Als sich ihre Lippen endlich berühren, scheint es, als sei die Schwerkraft aufgehoben. Ihr inneres Feuerwerk explodiert, und eine ganze

Batterie mit Funken, Fontänen und Leuchtfeuern lässt sie erstrahlen. Widerstand ist zwecklos. Denn eins hat Lea mittlerweile gelernt: Gegen die Liebe gibt es keine Versicherung. Zum Glück.

Danksagung

Dieses Buch wäre niemals ohne die großartige Unterstützung einiger wunderbarer Frauen entstanden. Allen voran: Vanessa Aab. Danke für deine Inspirationen, Ideen, Arschtritte und Rettungsanker, die du dieser Geschichte verpasst hast. Ein Riesendankeschön an Eliane Wurzer vom Piper Verlag, für dein Vertrauen in mich und deinen liebevollen Einsatz für dieses Buch. Danke, Birgit Förster, denn ohne deinen Rotstift könnte diese Geschichte nicht glänzen. Danke an Sophie Wittmann von der Agentur Rumler, meine wunderbare Familie und alle anderen guten Feen da draußen, die dieses Buch möglich gemacht haben. Ihr seid die Schönsten!